謝六逸全集

谢六逸 著
刘泽海 主编

二十

贵州出版集团
贵州人民出版社

报刊文章(五)、序

目　录

001	信　仰
002	关于读书
003	论王瑶卿
005	自作孽？牺牲？
007	《文协》创刊词
008	浮动性的文学
016	作家短简
017	再接再厉的第五年
019	鞭子与糖元宝
022	山居杂咏：闻关岛失陷感赋
023	山居杂咏：出征
024	山居杂咏：贵阳初雪
025	论记者的职业组织
027	贵阳缺少的是甚么？

035	与青年谈读书问题
042	认识真正的孔子
048	欧洲文艺思潮研究的切要
053	孤岛吠声
058	社会研究部工作概况
064	《文讯》创刊辞
066	新闻标题研究
075	敌情估计
077	荒山随笔
079	山居杂咏：过华家山
080	山居杂咏：花果园远眺
081	归乡途中感赋（外四首）
083	风物志专号编辑后记
086	我军入缅作战
087	谈小品文
092	狩　猎
094	生活在阿拉斯加
100	我们要写什么？
102	上海第一座公园
104	遗墨（二）
105	闻涛声不寐
106	小说创作论

115	浪漫主义作家研究
129	描写例类
156	科学家的精神
159	什么是报章文学？
170	论新感觉
176	文艺界的统一国防战线
179	陈穆如《小说原理》序
180	陶良鹤《最新应用新闻学》序
182	邹枋《三对爱人儿》序
184	郭箴一《少女之春》序
187	郭箴一《上海报纸改革论》序
190	杜邵文《新闻政策》序
192	郭步陶《编辑与评论》序
194	管照微《新闻学论集》序
196	严沉芷《现代青年成功之路》序
198	郭步陶《评论作法》序
199	吴秋山《茶墅小品》序
200	陈国钧《贵州苗夷歌谣》序
202	人名索引
210	谢六逸全集总目
254	后　记

信　仰

　　妻的十二岁的小弟弟颇聪慧。当他在桌上弹"弹子"的时候，接连弹了三下都没有中，他便双手合掌，叫着"阿弥陀佛"，弹了第四下，也没有弹中；他再以双手交叉放在胸中，闭目叫"耶稣"，仍没有弹中；他再以右手在胸前画十字，叫着"马利亚"，这回却被他弹中了。他雀跃似的叫道："马利亚真好！"

　　许多人常在困难窘迫的时候或事后，呼着运命，把一切的拂意事都归之运命。有时竟像孩子以及成年在疾病痛苦时叫娘似的，去哀恳或咨嗟这运命。

　　从人生的日常琐事，每每看出信仰的真义。

原载《朔风》，1939年第3期。署名：谢六逸

关于读书

关于读书,我是主张"立读"或"行读"的。能够"躺在沙发上"读书,有"佳茗一壶"或"淡巴菇一盒"读书,那是很好的。可是你们的亲长还没有替你们预备"沙发"和"淡巴菇"时,不如"立读"或"行读"得好。或者你们还没有"富于版税"之时,也依然是"立读"或"行读"的好啊。日本商店里的小伙计,骑在脚踏车上面,一只手驾驭着车柄,一只手拿着口琴,吹奏着嘉尔曼中的小曲,这样的"吹口琴的艺术",移用为"读书的艺术",才是真正的读书的趣味。还有在散学归来的中途,站立在书店的杂志摊旁边,"揩油"翻阅儿童杂志的日本小学生,才是真正懂得"读书的艺术"的人。

原载《朔风》,1939 年。署名:谢六逸

论王瑶卿

近以老人会出演事,涉及王瑶卿之再现色相,此固余深知为绝不可能,而一般论者,率多以年老色衰,怕毁令誉,为王氏不出之理由。实则未必尽是。

王以髫龄伴老谭出演,红紫一时,色艺超群,此不过为一名伶之时期。而王个人生命史上,实无关宏旨。盖王推进戏剧,甚至造成旦角天下之舞台形势,其功确在中年以后也!王思想新颖,戏剧一切包容,无不穷其微末,优者取之,劣者弃之,发扬光大,搜罗万端,不畏艰难,不惧讥笑,努力迈进,其魄力又非一般后学所能企及者也。下列王之特点,以供观察:

1. 以彼时艺人,能通翰墨,改字音、字义,戏剧原理,一一体会。表情动作,能发于内心。故晚年能编剧,能导演。以以往舞台之经验,兼通生旦净末丑,手讲指画各尽其妙,姿式、亮像,俱成典型。

2. 因王之博学多能,有天才,肯用功,故青衣、花旦均能兼工。开以往之先例,推广旦角剧路,予后学无上便利。

3. 服装之改善、化装之进步、腔调之发明、新戏之编制，先是独力经营，继则造就四大名角，无数坤伶，相辅而行，共闻推进，而成今日形势。

4. 已成功之四大名旦，除梅息影港埠外，其余早已为人师；而遇有疑难，仍请王解决，如荀新剧《平儿》之穿插，经王之改善后始演出，据有学者丰度之程四，因《锁麟囊》（在沪演之新戏）之腔调，于不倒字中要唱出新鲜花样，又不得不求教于王氏。

以上数端，未尽王之所能，而足征王氏于戏剧之地位何等重要，考诸欧西各国电影、戏剧导演地位、收入远胜演员。且特殊技能、地位，亦为国家社会之特别优待。而回顾王氏，因红伶时期之轻财，及嗓倒，以如此有功于国剧之人仅恃教戏为生。除因爱好而收藏之字画旧书数事外，别无长物。此固为王氏惜，而自古之享大名者，多如是也。关于出演问题，王氏绝不肯为，设真一露色相，又何必加入所谓老人会，任何一剧，单独演唱，足以震撼剧坛，至若年老色衰，真正顾曲家，亦绝不以此为疵也。

原载《立言画刊》，1940年第87期。署名：路易（自津寄）

自作孽？牺牲？

五月的一个下午，阳光猛烈地照耀着大地，树干亭亭玉立着，没有风敢来动它们一动。一辆黑色载着五六口红皮棺材的普善山庄的汽车，在路旁戛然地停下，司机打开了车门，从上面跳下了五六个劳工，走到墙角的一个盖着草席的尸体旁，揭去了草席，准备把一具尸体放到五六口中的一口红皮棺材里。

人们从四方集拢来，欣赏着尸体，也督促着劳工们的工作。这尸体是一个年廿余岁的少妇。面孔浮肿，然而隐约间尚可看出她昔日动人的风姿。嘴里流着涎水，穿着件污秽的绉绸旗袍，一股臭气混和着苍蝇的嗡嗡声向四方发散着。

"呵，一个漂亮的年青的妇人，还不免常常要'象牙筷上扳雀丝'地和你寻事，一点也不会体贴你、原谅你的。"

姊妹们，为什么我们女人得不到平等的"爱"呢？女人真的是贱货吗？这，当然我们是否认的。许多姊妹为了那不平等的遭遇而哭泣、忧愤，但这样是否即有平等的希望呢？消极的哭泣、消极的忧愤，是不会有益于事的。那么我们怎么办呢？有办法的。我有一个朋友，她的父母始终认女儿是别人家的人，又不会赚钱养家，所以非常轻视她，因此家中任何人都敢欺侮她。她忍无可忍，立誓要为女界争口气，便努力学得了一技之长，找得了一个职业，这时候她父母顿时改变旧时的态度，异常钟爱她，甚至超过对于儿子的爱，因为她兄弟赚的钱没有她赚的多啊！家中的人呢，也都不敢再欺侮她了，甚至她说出来的话没有人敢反对哩。又有一个结了婚的朋友，她的丈夫和婆太太从来就没有把她当作一个"人"看待过，譬如小菜烧得不合胃口要骂，小菜贵、买得蹩脚些要骂，买得好些钱花得多了又得骂，一年四季除了娘家有事可以出门之外，从来不许出去玩玩散散心的……最后那朋友终于忍受不下去，她丢开了一切出去做事，不再依赖家中过活，这样一来，她的丈夫和婆太太反而怕她插翼飞去，从此不敢再压迫她，并且渐渐地因看重她而爱惜她了。

其实像上面的例子在现今的社会上已渐多，从这里我们可以看出什么叫做"爱"。所以女人只有急谋经济独立，才能提高自己地位，才能获得真正的"爱"——靠得住的、永久的"爱"。

原载《妇女界》，1940年第8期。署名：路易

《文协》创刊词

中国的新文学运动原是以反封建、反帝制为其任务的。不过在这一运动的初期，它的力量还很薄弱。后来伴着反帝的潮流高涨，它的职责就愈加重要。大约二十年来，许多文艺界的斗士，都站在这面旗帜之下为国家民族而奋斗。"七七事变"以后，我们的大敌——日本帝国主义者，发动了残暴的侵略，于是我们亘古未有的全民族抗战也暴发了，同时全国文艺界便有了充分使用武器的时机：有的赴前线从军；有的散布在敌后，将自己久经磨炼的笔录，刺穿敌人的狰狞的面貌，一面暴驰灭此朝食的士气，一面颂扬战士的英勇。二年另八个月以来，文艺在抗战中所贡献的力量是谁也不能否认的。

贵阳是抗战的根据地。虽然一向颇感沉寂，可是近年以来，文艺界同人渐渐向这里聚集，应该是发动更积极的行动的时候了。继了"文协"的创刊，我们得以在神圣的抗战中负起自己的责任，并且使我们的任务发扬光大，这是我们引以为荣的。同时还要郑重地声明：这一点狭小的篇幅是公开的园地，谨以最诚恳的心，吁请大家惠予合作。

原载《贵州日报》（原《革命日报》），1940年3月21日。

浮动性的文学

文学在自然准则的情况中,在书写或印成熟本之前,必定含有一口传诗歌的长期时间存在着,中国的诗歌早已萌芽,但《诗》三百零五篇□在周代才搜集□□,盖是因为经过了一个浮动的时间的原故。初期的文学是口传的,因此口传和书写成了对照。句□正常的对照,不在"口传"与"书写"之间,而是在"浮动的"和"固定的"中间。关于浮动的和固定的文学,它的发展的阶段,用以略示如下:

第一阶段　浮动的(口传的)文学

甲、浮动的——每当重述的时候发生变化。

乙、听者是全民众。

丙、著作是共通的。

丁、反映传统。

第二阶段　固定的(写印成书本)文学

甲、因为书写而固定,如变化必赖于新的版本。

乙、读者限于有读书条件的。

丙、个人著作，个人著作权。

丁、独创的。

第三阶段　浮动的（定期刊物等）文学

甲、因为印刷普及成为浮动的，例如后一期使前一期失效。

乙、鲁莽地照读。

丙、如所闻记事或评论多不署名。

丁、一瞬间的兴起。（如新奇的消息）

下面试就这三个阶段加以说明。

我们的祖先，若干世纪以来，都完全生活在书写的时代里。书写的发明这一问题，不是这里所能讲明的，不过"书写"远在应用到文学之前，已经充分地被应用于记录、法律、碑铭等上面了。初期的文学，直接从诗人的口里传到民众的耳里，因了言语的传统，由诗人传给诗人地被保存下来。这帮口传的诗每在重述一次的时候，常有自由的变化，所以称为做浮动的文学。"书写"恰好是相反的，它□文学固定，所以在书本里要有什么变更，必得另外印行新的版本。口传诗歌的特征是，诗人以全民尽做他的听众，社会地位的等级，不管有怎样的不同，农奴却和主人一样地接近那唯一的文学源泉的行吟诗人，这时社会中的一切阶级都享有相等的文学机会。等到将文学委诸"书写"的时候，读书阶级和非读书阶级之间，被划了一道鸿沟。这就是说，随着书本的出现，社会中的大部分人在文学的意义上，已被剥夺了公民权,并且"书本"是含着一个人"著作"的意味的,所以世人大都对于作者比较文学作品更感兴味。个人的作者,也就享有他所做的文学的著作权——就是凭借法律来保护的版权。这样地演进下来,到了我们的时代,却已经看见了有人要想保护思想的企图了。在口传诗里,唯一的著作,是一个联□全体的,就是行吟诗人的职业个体的共同著作——这种吟诗的职业,无论用什么名字(例如吟唱诗人、古北欧诗人、司祭、歌手)都呼为□□——因为没有写定下来,所以个别的诗人和个别的诗之间并没有什么联系。行吟诗人共有诗的全部,行吟诗人都采用他人所作的东西,或是照样的歌唱,或是任意更改。他毫没有借用的意识,这样地做着,因为根本就没有文学所有权的意识。不消说,这不过是关于所有权的比较自由的法律的一面。在我们看来,个人各自占有一片土地这桩事,似乎是一个根本的观念,可是我们从历史里知道,原来土地的所有权,是属于社会的,个人仅有使用权罢了。个人著作估价后,即引入到尊重独创的文学兴味的途上去。被人指摘为剽窃,就是指摘为不诚实。在口传诗歌的时代里,独创还没有开始。这时诗歌中的主要兴味,乃是独创的反面,即所谓传统的兴味。古代的诗,无非是要反复吟咏同样的故事、同样的思想,以及用同样的表现法。口传诗歌中的新的东西,是和反响古的东西成为比例,而显出美丽来的。

苏联的作家伊林著有《一本书的故事》(又名《白纸上写黑字》),他写着:

在很久以前,希腊人有一个习惯,爱唱《伊里亚德》和《奥德赛》这两首诗歌。说的是希腊人和特洛亚人战争的故事。人们一径听着唱这故事,直到了几世纪之后才用文字写下来。唱这些诗歌的人,希腊人就称作"阿德"。每逢宴会的时候,阿德是最受人欢迎的。阿德首先是靠住一根圆柱坐着,头上挂着他的竖琴。宴会快要完毕的时候,大盘的肉都吃空了,满篮的面包也光了。人们取出双柄的金杯子,放在桌上。客人们重新坐好位子,等待着音乐的节奏。这时候,阿德才一手捧着竖琴一手弹着琴弦,开始唱着长篇的故事,又是狡猾的乌里斯啊,又是骁勇善战阿□里啊。阿德的歌是很悦耳的,可是总没有我们的书那样便当。因为现在我们只要花上几毛钱就能买到一本《伊里亚德》,而且可以放在袋子里。这书不会要求什么,他既不要吃,又不要喝,从不会害病,更不会死亡,那是多么方便啊!

这一段话可以说明古代希腊的叙事诗歌,有"阿德"一类的歌手来为他传布,再经过长年月的口传,就采用了书本的形式。我们在这里,可以看见文学的特殊部门,正从说的变形到写的东西。

但是书本却并不是我们所追寻的最终点。书写传位给印刷,印刷便无限地扩张了增加和分布的力量。终于发生了浮动文学的新种类。这就是"集纳主义",这一语是用以表示自日刊报纸直至钟点、季刊评论等的定期刊物的。在定期刊物行的意味上,它是浮动的文学。

在口传诗歌的浮动文学里，每次复述，也许就是一种新版，同样的定期刊物的每次出版，印传前出的一期归诸无效。简明地说，今天的报纸一出来了，昨天的报纸，就失去其为新闻的资格。文学一局限于书本，就将非读书阶级除外了。随着集纳主义的出现，读书一事才能普遍化。不单是报纸的习惯使它成为普遍地易于接近的东西，即通过了这条鸿沟的文学，也被逼迫着向着社会大众推进。广告是商业的附属物，新闻的本文（记事）是公共生活的县官，著作权也受了影响。从前口传诗的共同著作权，因了书本变成个人著作权。集纳主义的勃兴却带着一种向往的变化。新闻记事的著作变成了匿名，（评论也有不署作者姓名的）应该负的责任也随之消失。而且著作权也变成了定期刊物（报纸）的著作权。从传统到独创的文学兴味的前进，也更向前发展，后期浮动文学的主要兴味，就变成为新闻记事了。这是瞬间的东西。构成集纳主义的特征的内容的，也就是因为它是瞬间的原故。

我们对于浮动的和固定的这两类文学却不能划一条分界线。这两者实在是并进的。文学的第一阶段完全由民歌、舞蹈构成。这原形质的形态，含有一切在胎儿状态中的其他文学形态。文学的第二阶段，便到了民歌、舞蹈所产生出的诗的三形态，就是叙事诗的创造叙述、抒情诗的创造的冥想、戏曲的创造的表出。当散文从创造的诗中分化出来的时候，文学便又进了一个阶段。散文有着和诗相符合的三种形态，就是叙述的历史、冥想的哲学和带着表出的职能的演说。这些的进行方向现在是向着定期刊行的著作的浮动文学的。文学的六种形态(叙事诗、抒情诗、戏曲、历史、哲学、演说)便都被吸引到定期刊行的文学上去。各个形态被吸引到集纳主义的时候,却经受了一□适应到媒介的浮动性所要求的限制,叙事诗变成了长篇连载小说的形式,走进集纳主义中去。抒情诗极容易适应集纳主义,最早的报纸,首先就开辟出"诗坛"一栏的地位。近代的报纸更想出种种奇怪的标题,在这些标题下,那一日里的偶□的冥想,更能够达到了创造的形式。历史却凭借了特约通信员,走进了特约通信栏中去。当重要事件正发生或将要发生的时候,报纸的经营者总得派遣特约通信员到那地方去。在这儿,通信员的职能,便是历史的职能,不过有一点,特约通信员却和散文文学的历史家不同,那就是他用不着等待事件的完结。特约通信员所给与我们的是正在发生的途中的历史,□学以"社论"的形式,出现于集纳主义,散文的哲学家对于生物的总计,加以冥想思想,而定期刊行文学的评论,□□笔见□与正在发生的一时的问题发生联系。演出以□与经营者的感情的形式,走进集纳主义去。这种□□者正和一个演说者在形式上向会场主席一样,形式上是和编辑记者或采访记者说话的。但无论在哪一面,实际的谈话,却并不是向会场主席或编辑者,而是向全会大众或是向那只有经过前者许可才能到达的几十万的读者。六种形态中所残留下的一种,就是戏曲,似乎被称为"变成定期刊行物是不可能的事"。可是在我们的时代里,戏曲却以非常惹人注目的漫画形式出现在现今的报纸上。这种漫画和插图或即景绘画完全不同,这是差不多用不着说明的。漫画是表现到眼里的公共生活的戏曲的场面,常常伴着对话，但若没有对话，那就和木偶戏一样是不用言语的戏曲。刊载漫画的媒介的定期刊行的性质，却将漫画成为不是完结的戏曲，而是戏曲的场面。在中外杂志报章上刊载着的连环漫画，有许多种已都分别出了单行本了，我们无论浏览哪一集画时，都觉得是在看人世间的戏曲。

从民歌、舞蹈的浮动文学直到叫作集纳主义的尤其相异的浮动文学的推移，以及在中间的固定文学的诸形态，已经明示了文艺的前进运动。可是在文学进化的相连续的各阶段上，我们还得注意到集纳主义对于其他文学的关系。这一问题有着正经反对的意见。有许多人或许不肯承认报纸的"文学的性质"，而且主张着集纳主义和文学的尖锐的对立。另有一些人，尤其是现在的读者，他们认报纸杂志为文学娱乐的第一源泉，便凭借了实行，来表示他们的主张。他们复指摘出有许多第一流作家都是现代定期刊物的投稿者，而且有许多文学杰作，最初是以定期刊行物的形式发表的。他们使用这些事实来支持他们的主张。在这一个争辩里，有一点意见可以陈述：

我们以为集纳主义是文学的普遍化。本来的口传诗歌是对全体民众说话的，自口传到书写的推移，却使文学局限于读书阶级，兴味的范围也受了相当的限制，因为文学是必然地反映在所诉说的读者的兴味的原故。诉说的范围和兴味的广泛，随着定期刊行的文学，复又普遍化了。例如战争的胜收，在古代的行吟诗人是在口头上对个体民众说的，现在则必须依靠定期刊行的文学才能普遍化。凭借集纳主义的文学的这种普遍化，不是潜在的，而是实际的，因为定期刊行的文学，伴随着公共生活和商业活动的一切详细记事，不属于知识阶级的人也得要翻阅一下。也许有人说,书本的出现,虽然使文学的兴味,局限于读书阶级,那也不过是一时的,但也可以仗着教育的力量去克服的。这样的议论,自然也能言之成理。不过我们从理论转眼到实际的时候,便可以明白看出教育并不能获得所要求的结果。现在的教育仅仅用心于能力的发展,而对于动机与兴味却并未加以注意。学校的目的仅仅在给与读书能力的意义上,以为就可以使读书普遍化的。但试问究竟给与了读书动机和对于文学的冲动了没有?可是教育失败的地方,集纳主义便成功了。因此报纸使文学成了普遍的兴味。

我们的结论是:集纳主义为文艺发展阶段中的主要形态。它虽然经过书写、印刷,但仍属于浮动性的。惟其有浮动性,所以容易普遍化,和大众最接近。

(附记一)

文中集纳主义一语,原为集纳依士录,我国还没有适当的译名。这里"集纳"二字是译音兼译□。

(附记二)

作者的企图是想系统地写成一篇集纳主义论,现在发表的只是一个引子。本文取材于美国莫尔顿氏的《文学之近代的研究》,合并声明。

[民国]二九[年]四[月]一二[日],于大夏中文研究室

原载《贵州日报》(原《革命日报》),1940年4月12日。署名:鲁毅

作家短简

晋弟：

许久没有通信，实在因为课忙，昨天收到楚君的信附有你给我的短札，谢谢你的好意。

某某某报和月刊均能按期收到，两种出版物的内容都很充实。在文化落后的内地办刊物真不容易，我颇有此种经验，我在此地办的《抗建》半月刊早已交给友人去办了。我每周授课十二小时，改国文卷与笔记约五十本，余下的时间仍是看书。因为避空袭，让六个孩子容易疏散，目前住在离城四五里路的乡村，茅屋两间不能避风雨……

原载《贵州日报》(原《革命日报》),1941 年 5 月 5 日。署名:谢六逸

再接再厉的第五年

欧战不到两年,瓦解了十余个国家,大好河山,已非往昔,但是四年过去了,中国非但坚立如故,而且愈战愈强,"老当益壮"。最近欧局急转直下,侵略者和反侵略集团的分野,愈见明朗,侵略者势必在必败,日寇与德意的进一步的携手,将促现自身的崩溃,是意中的事。

再接再厉的第五年开始了,胜利的希望像夜里墨黑的天边上绽开的一点曙光,在时间的过程上逐渐扩充它的光圈。旭日高升,晴明开展,只是一个时间的问题而已。

不过,胜利不是徒手也不是用贱价可以获取的。四万万五千万人的力量,如果有一部分没有被利用,此广阔土地,如果有一尺任其荒废,千头万绪的抗建工作,如果有一点没有做到,胜利的"希望"断难成为事实。这一点原则,凡我同胞,该已没有不理解的了。目前国内各项军事、经济、政治、教育的设施,能否配合着抗战需要,不是一言两语可以论尽,但是全国上下,正由各方面尽最大的努力,一切工作正向进步的路上发展是事实。

使我们困惑,甚至于烦恼的是,应合时代需要,在抗战后又一次抬头的妇女运动，在建国事业正如火如荼地开展的今天，忽而转入沉寂的状态，留着分析工作给历史家及社会学家去做，我们只珍重地提出一点，就是：如果妇女大众曾经用事实证明过我们的力量，而抗建伟大的使命，不是四万万五千万中半数的男子所能胜任的，则如何谋有以扶植妇女工作，消除妇运前途的障碍，非但是妇女们自己，而且也是我贤明政府，为抗战建国计，不能不着手推动的工作了。

抗战第五年带来的希望，如果会实现，积年的努力如果能在较近的将来结出坚实的果子，还要看我们如何组织、运用此四万万五千万人的潜伏力量。为什么妇女工作不能如预期地活跃？为什么妇女们的能力不能得到大量地发挥与运用？许多人在颓唐、丧气，笔者谨就此点，在抗战进入第五年的伊始，向社会作两个叩首：

1.希望我妇女同胞，在纪念"七七"余留的兴奋里，对过去几年的工作，作一严格的检讨，由发现自己的弱点，克服自己的弱点，着手来培养妇女运动的主观力量，因为今后妇运能否开展，妇女本身努力不努力是一个决定的因子。

2.希望政府及各地方当局，在重申抗战建国立场之余，对妇女工作，作一个估价，并按照抗建纲领，指导、扶植妇女大众，使妇女们能更广泛地为抗建服役，因为抗战建国能否及早完成，妇女的组织与训练、妇女力量的运用，是一个重要的因子。

"光明就在我们面前，责任就在我们的肩上。"蒋委员长这一句话，该不是单指男子而言吧？

原载《贵州日报》（原《革命日报》），1941年8月4日。署名：逸

鞭子与糖元宝
——讲给孩子们听的故事

逢着新旧历的年尾,我们总得过几次的佳节。

在耶稣圣诞前夜,我们点起了明亮的蜡烛,围炉坐着唱那壮严的诗篇,可是我们也会想起安徒生的"卖火柴的女儿",这晚上她倚在墙角,一根又一根地擦尽了她手中的火柴,结果她冻死了。如今全中国不知道有多少"卖火柴的女儿",这全是敌人的赐与!我们永远不会忘记。

你们知道耶稣是慈爱的,是不是?可是你们也应该知道他曾经挥过他手中的鞭子,这一段故事说了出来也许是你们所喜欢听的。

在上古时代,为了求"神"的欢心,人们杀了同类来向"神"献祭。后来觉得这种做法过于野蛮了,就用牛羊来代替。当耶稣诞生时,犹太人也是用牛羊祭神的。在耶路撒冷的神殿的庭里,有许多商人在那里贩卖牛羊,还有许多兑换银钱的摊贩,弄得神殿上又污秽又吵闹。有一天耶稣从加利利来到了耶路撒冷,他见了这种情形,心里很不谓然,拿起手中的鞭子赶走了那些钱贩,解救了可怜的牲畜,神殿上才干净整洁。可是便触怒了法利赛人,说他是叛徒,违反了他们的习俗,后来他们害死了耶稣。

圣诞节过去了,跟着来的是"祭灶节",这天是旧历的腊月二十四日,相当于新历的圣诞节前夜。到了这天晚上,有的人家要用糖果糕饼供在灶上,传说这晚上灶神要上天去朝见玉皇大帝,人们怕他在玉皇面前搬弄是非,因此贿赂他,借以封住他的嘴。我们住在上海的时候,就看见上海人家用糖和慈姑祭灶神。糖的形式做成了元宝,叫做"糖元宝"。原来灶神菩萨也爱元宝,况且又是糖做的,让他吃了,这么一胶就把他的牙齿胶住了,叫他说不出话来。

"哈哈哈哈!"孩子们笑了。

"为什么要用慈姑供他呢?"

"灶神欢喜吃油炸慈姑片呀!"六岁的咪咪笑眯眯地说。

"不是。你们想慈姑两字的音,上海话是怎么讲的?"

"慈姑?好像'是个'呢!"大孩子说。

"可不是?'慈姑''是个'音一样,就是请灶神吃了慈姑,他老人家凡事都说一声'是个'。那么,人家有什么罪恶他就不说出来了。有一首打油诗我念给你们听吧!

柏子冬青插遍檐,

灶神酒果送朝天。

胶牙买得糖元宝,

更荐慈姑免奏愆。"

"故事讲完了,你们要鞭子呢,还是要糖元宝?"

"我要糖元宝。"五岁的荣荣跟着就喊了出来。

"对呀,不单是你,如今只要糖元宝的人多着呢!"

原载《贵州日报》(原《革命日报》),1941年12月24日。署名:谢六逸

山居杂咏：闻关岛失陷感赋

先机未忍制倭奴，一着棋松满局输。（美海长赞克斯谓倭侵珍珠港，如早几小时发觉，则世界局势必将改观）几见沙场排战马，频闻险阻踞妖狐。渡河宋帅推韩岳，防海明臣重戚俞。孰谓今人难及古，贤能自始在前驱。（新岁□蒋委员长允任中国战区同盟军队空舰军总司令）

原载《贵州日报》（原《革命日报》），1942年1月15日，《读书通讯》1942年第33期有载。署名：谢六逸

山居杂咏：出征

古人悲出塞，今人喜防边。忽传募勇士，呈材军吏前。中选夸乡里，失名便惘然。岂徒慕功利，敌忾本来坚。

民国三十一年元月于金竹西郊

原载《贵州日报》(原《革命日报》)，1942年1月15日。署名：谢六逸

山居杂咏:贵阳初雪

宵来乍觉被寒添,窗外雪花乱撒盐。(盐价日昂,□农□降盐更佳)好向画楼多点缀,休从空谷压穷檐。

原载《贵州日报》(原《革命日报》),1942年1月15日。署名:谢六逸

论记者的职业组织

> 谢六逸先生,是新闻界的前辈,对于新闻学,有深刻之研究。去年春天,在《青年记者》上曾发表此文,意义深远,采摘录于此,以资读者。——编者

新闻记者之生活的改善及地位的保障,此种种问题,确为保障新闻事业之社会的发展与向上有密切的关系。所以,无论哪一国都应有统一的设施,而不能完全委之于新闻社之单方面的任意处置。尤其是成立新闻记者自身的职业组织,更为必要。即彼此共同处于被雇者的地位,共谋互相间之亲善与向上,拥护自己的经济的利益,请求从业的安全。例如制定薪给标准、确立同业共济制度等。如像德国的新闻记者协会,都是此种记者组织的榜样。

但是,新闻记者的组织,与新闻事业主的组织是有很大的区别的,即后者是立于经营之责任者这个事业主导地位,故两者间在经济的立场上是互相对立的。

新闻记者的组织,在社会上特别被重视的,其所持有的社会的公益性,绝不亚于医师或律师等的团体,并且也都同样的是要受国家法律上的公认的,使得其组织成为公的团体。新闻记者所组织的公的团体,其应有的事业是:1.关于新闻记者之资格与缺格的事项;2.关于同业共济的事项;3.关于新闻经营之协力合作事项;4.关于编辑上之协定的事项;5.关于广告文之事项;6.关于学术上之条益事项,等等。这些事项,皆是他(记者的团体)经常的任务。

要保障记者的职业地位,是与这问题深切有关的,就是记者之职业组织的问题。我们也有职业的组织,然而我们的组织,实践了些什么工作,有什么成绩呢?虽然这问话是多余的,但"他山"借励,仍然还不失是可作为鞭策的吧。

原载《贵州日报》(原《革命日报》),1942年2月2日。署名:谢六逸

贵阳缺少的是甚么？

从异乡来到贵阳的朋友,对我提出一个问题:"你在贵阳住了四五年,在你看来,贵阳缺少的是甚么?"我回答说:"贵阳自从抗战以来,情况和战前大不相同。在这山城中,可说一切应有尽有。有最陈旧的,也有最崭新的——不知从第几世纪就用起的纸糊的'耙耙灯笼',以至最时髦的赶流星的电灯,都在城里同时出现。尤其是近几年来,一部分人受了法币政策的恩惠,任何新鲜的花样他们也能够搬弄出来。如果天空的星儿月儿可以用法币去摘得下来,他们也不惜摘下来玩弄一番的。你瞧!贵阳还有甚么东西会缺少呢!"

原来我这位朋友从香港逃难初次来到内地,寓居在棉花街贵阳招待所,这时我正在他二哥□□的□□上谈天。谈得久了,我怕他的问题□□□,□□□的智力所能作答。我勉强起身告辞,□□□,停着几辆汽车的地方。他忽然□□□说:"这几座洋房确实不差。"我想机会来了,我就对他宣扬贵阳的建设确有进步。我指点给他看,那正面的一座是科学馆,左有物产,右有图书。我们就在这"科学""物产"

"图书"之间来招待你这位远客。你还要问我贵阳缺少的是什么！他听了我这一番说话之后，接着就说："是啊！问题也就在这里，贵阳缺少的东西不是别的，就是艺术的空气。你瞧！在这几座馆之外，再加上一座艺术馆，配成正正方方的四座建筑，好让坐在招待所的来往过客，充分享受贵阳的艺术文化，你想我的话是否有点道理呢？"我支支吾吾地和他握一握手，赶快走回家里，就坐下来写了这篇东西。

向来谈艺术理论的，都有他们自己的一套。从希腊的亚里士多德到法国的泰因、俄国的托尔斯泰，莫不如此。我对于艺术的看法，乃是功利的或实用的，因此我主张"艺术有用"。如其一个地方的艺术空气衰颓不振，势将无法挽救国民道德的沦落。

艺术的功用是什么呢？我的解答很简单，就是它能够使人和人互相结合，同时增加社会的亲和力。艺术作品可以传达人类的感情，我们读了一首诗歌，看了一幅名画，听了一首名曲，就会对于那些作品起了一种共鸣作用，能叫人兴奋，也能叫人沉静，在多数人之间起了亲和的感情。幼稚园或小学校的生徒听见音乐教师的琴声一响，教室里面就能肃静起来，由这个意义推释开去，一营的士兵、一个都市的市民、一国的国民，都可以用音乐的力量，使大家亲和。孔子闻韶，三月不知肉味，可见舜时的音乐自有其伟大的亲和力。一所剧场建筑得好，舞台上表演的剧本是忠勇义烈的故事，观众受了感动，就会共泣共喜，其亲和力之伟大也是任何直接教训所不及的。又如两个人本来是互不相识的，可是两人都能够作诗，用一首律诗或绝句的唱和，使得彼此由陌生变作友人，由友人变成更亲和的相知。所以古人作诗必须赠答唱和,就是颇知亲和力的作用。春秋时代借"诵诗"来施政或办外交,就是根源于此。《论语·子路》章说:"诵诗三百,授之以政,不达,使于四方,不能专对,虽多亦奚以为!"这话的意思是就是说即令把《诗》三百篇完全读通了,如其掌执政务而不能施行善政,出外使国而不能独自巧妙地赋诗应对,那就不行了。《左传·僖公二十三年》载,公子重耳奔秦,遇见了秦穆公,重耳赋《河水》,穆公赋《六月》,借此传达衷曲,这也是亲和力的效果。在《左传》《国语》里面,这种例子很多。此外如瞻仰伟人的铜像而生崇拜英雄之心,是雕刻艺术的功效;走进崇高宏丽的建筑中,不觉令人严肃端庄;读文艺作品而受其熏浸□提的感染,使贤愚不肖与之同化;观忠臣孝子的戏剧,妇孺为之流泪,其理由也是同样的。艺术的亲和力实在伟大了,它的效果,小至个人家庭,大至国家世界,无不遍及。正如佛家所说一毛孔中数万莲花,此情此境,只有艺术的境界和它彷彿。

我国儒家祖述六艺,重视"乐教",这与希腊哲人柏拉图以及近代德国诗人席勒辈之提倡艺术教育,可谓不谋而合。我们如其希望国民道德蒸蒸日上,使社会生活团体生活的团结日趋稳固,我们如何能忽略艺术的功能呢?一般人都把"生活"一语的意义解释得过于窄狭,以为生活就不外是衣食住行之类。这些当然是我们"生存"的基础,然而不可忘记,除了这些之外还有艺术生活。高尚优美的生活,不在于自私自利的对于生存条件的打算,如只图个人的浪费华丽,其影响所及将使国民道德日趋衰落。

国家在战争的时期,往往即是国民道德升沉的时候。如其辅导得法，国民道德当然可以由于战争的锻炼而发扬起来，否则不免要坠入无底的深渊，不能振拔。就历史上来看，战国时代的战乱甚为激烈，人民困于苛税兵灾，生活十分痛苦。其时虽也出了许多任侠好义之士，可是狡诈破坏的风气仍然盛行。只消看那些知识分子的代表，即所谓策士之流的言行举动岂不就是显明的例证吗？到了东汉时代，战乱甚少，又借用儒家思想来辅导，读书人颇崇廉耻，一时风俗号称完美。六朝时代一面有外族侵入，一面君主帝王还在提倡浮薄侈靡，民生又复憔悴，当时的民德怎能不混浊柔靡呢！李唐得天下以后，文风媲美汉代，前半期战乱也少，经过安史之乱以后，民风随之消沉，终至一蹶不振。宋代虽战败于外族，然有朱陆的道学作了时代思想的中心，所以气节之士仍不缺乏。降至明季，和平时期较长，复受姚江学派之赐，读书人也知崇尚名节。我国自汉武以后，儒家思想成为培养民德的原动力，国民道德的汗隆，常视士气的升沉为转移。而儒教思想的根本为礼教、乐教。种瓜得瓜、种豆得豆，过去的君主帝王是很收了一点尊崇儒术的效果的。历史上一般志行高洁的人也是从智力、感情两方面用了一番苦工的。

可是我们默察这几年以来，一般的国民道德又是怎样的呢？如果我们相信"经济决定一切"这一句老话，我们不禁感慨万端。现在社会上的财富都集中在一部分投机取巧者的口袋里，而这些投机取巧者的道德是些什么呢？侥幸、倾轧、狡伪、苛刻、凉薄、苟且、偷安，如斯而已。试问以具有如此道德的人物，有没有资格占有偌大的财富呢？他们的子子孙孙有没有能力善用那些财富呢？然而事实俱在，他们得了孙悟空的变戏法的真传，一个筋斗翻了十万八千里，他们确确实实已经做了现在社会的中坚分子，他们拥有巨量的资财，他们的资财稳定了他们在社会里的地位，他们在活动，他们在代表社会。另一方面，他们的私生活是使用"关金"的，拿"关金"作日常使用的货币单位，就是说起码要用关金一元，而别人还在起码用法币一角。这么一来，他们把本来没有阶级的社会，划分成为贫富悬殊的社会了。而一般洁身自好的人，反而堕入贫困的深渊。物价涨通货胀，在一般社会以为困苦的，在他们则认为快乐之事。前些时物资局的何浩若氏到贵阳来讲演，曾经提起"好人可能饿死"，可谓一针见血。现在社会国民道德的混浊不清，一切都种因于此。我们为了国家民族的前途着想，我们不能不大声疾呼，如何可以挽救将要沉沦的国民道德？

一份人家的父兄经常以囤积居奇为业或者以坐赃贪污致富，得来的都是便宜财帛，自然悖出悖入，用之同泥沙一样。他们的子弟生在这样的环境里面，耳濡目染，相沿成习，就会走上同样的道路。以前听说小学生也会把经手的捐款拿来分肥化用，这是何等痛心之事！其实这也难怪，他们模仿他们的父兄，因此也学习一下混水中捞鱼。社会如此，家庭如此，他们只是这时代潮流中一个小小的浪花，对他们似乎不必深责。不过现在教育的力量如其不能和时代的恶劣势力搏斗，挽救这些小小的灵魂，我们仔细想一想，国家的前途，岂不是隐伏着莫大的忧患吗？一方面生活又以雷霆万钧的势力压迫着青年们一心向着利禄之路走去，于是人欲横流，对于明理悟道的功夫，避之若浼？而于锱铢较量、投机取巧之术，趋之若鹜。听说大学师生有的在校不过挂名，实则奔走市场；又听说有某大学生因求爱不遂，枪击女生而后自杀者。前方将士肝脑涂地，后方还有这样的糊涂虫，国家每年的巨量的教育经费，难道是为此辈而设的吗？诸如此类的啼笑皆非的事实，我不愿写，也不忍写。如在承平时代发生，也许还可以托辞解嘲，然在现今，不知何以自辩。然而这是谁的过错呢？

就此时此地来说，教育当是最为急切的工作，在这样的环境里面来办教育或是教养子弟，其责任是如何的巨大，原是可想而知的。然则我们乞灵于什么呢？孔子的教育精神以六艺为主，且以礼乐为中心。历来尊崇儒术的政治家，在这一点上颇能收获实践的功效。不过，我们得记着，孔子一生是很想和当时社会中的恶劣势力奋斗的。他经过宋国的时候，和弟子们在大树下面学礼。宋国的权臣司马桓魋讨厌孔子恢复古礼，对自己不利，于是将大树拔去，想杀害孔子，孔子虽离开了宋国，却对弟子说："天生德于予，桓魋其如予何。"这表示孔子对于恶势力不肯屈服的精神。还有，鲁定公十年，孔子那时已经有五十二岁了。那年夏天，鲁定公和齐景公会盟于夹谷地方，鲁国派孔子相礼。齐臣犁弥劝齐景公用武力劫鲁定公，说孔子知礼而不勇，一定可以成功。哪知孔子仗义执言，叱咤坛坫，逼得齐景公自己下命把"鼓噪而至"的，以及奏官中之乐的优倡侏儒都拿来"手足异处"了。此时齐侯不惟无法施用武力，而且鲁定公把从前阳货私送齐国的田地也取回来了，这可算是外交上的胜利。由这些事看来，可见孔子的的确确发扬了他的六艺精神，谁想得到一位宽袍大袖的圣哲，能够有这样的勇敢呢！

在今天要想用"艺术"的力量去感化社会上的头一等蠹虫，虽是三尺童子，也知道是无济于事的。可是"往者不可谏，来者犹可追"，社会里面大多数的人民和有为的青年，他们的头脑是清晰的，国家的命脉系在他们的身上。有意义的艺术可以培养大家的品格。艺术的部门广泛得很，这里不能一样一样地分述。姑且用诗歌为例吧。明人陈子龙（江苏青浦人，崇祯丁丑进士）说得好："万历之季，士大夫偷安逸乐，百事坠坏。而文人墨客，所为诗歌，非祖述长庆，以绳枢瓮牖之谈为清真，则学步《香奁》，以残膏剩粉之资为芳泽，是举天下之人，非迂朴如老儒，则妩媚若妇人也。"（《答胡学博书》）这几句话对于舞文弄墨的人，不啻当头棒喝。我们一方面和敌人争生死，一方面必须惊醒顽固者的迷梦。艺术是振兴民族精神的武器，诗歌如此，其他各部门的作品亦复如此。

近年以来，贵阳地方举行过好几次书绘展览会，也公演过若干次话剧，也有音乐会的演奏，可是因为缺乏一所"艺术馆"的原故，便觉得艺术运动没有一个中心，精神生活散漫没有着落。贵阳的艺术空气，始终不能振奋。我想每一个贵阳市民都有资格走出来提出一个善意的建议。希望贵阳有一所完全的艺术馆，馆内组织可分做三部分：第一是美术部，提倡抗战艺术，帮助艺术家开展览会，搜集艺术品。第二部分是戏剧部，担任改良旧剧，提倡话剧，建筑新式剧场。第三部分是音乐部，编撰诗歌，举行合唱，激发爱国爱乡的情绪。我们希望终于有一天，在贵阳招待所的外面，巍巍然立着一座艺术馆，和"科学""物产""图书"三馆并存。那时各级学校的学生都有一个观赏正确的艺术作品的机会,而贵州全省的人民受了艺术的熏陶,也许在精神上将有一番振作吧!

[民国]三十一年八月二十六日

原载《贵州日报》(原《革命日报》),1942年8月29日。署名:谢六逸

与青年谈读书问题

新学期开始以来,转瞬已是两周了。每年逢着秋月扬辉、玉露垂凉的时节,忆起韩昌黎的诗句:"时秋积雨霁,新凉入郊墟。灯光稍可亲,简编可卷舒。岂不旦夕念,为尔惜居诸。"我们的精神不得不为之振奋。在上一个月为了升学的原故,不论赤日当空或是郁云蒸雨,总得在道上奔驰,今日应甲校考试,过几日又应乙校考试,惟恐名落孙山,脑里盘旋着许多问题。现在进了学校,一切都已完,心里也沉着起来了。目前已是"灯火可亲"的时候,不妨吐一口气,说:"我的读书问题总算是解决了。"

可是我们仔细一想,读书问题果真是解决了吗?跨进校门以后,每天催促大家上下课堂的是军号的声音,出现在讲坛上的教师不免是陌生的面貌,听的是各种不同的语音方言,同宿舍的是新的窗友。年青人新换了一个环境,觉得一举手一投足都有点不自然起来。我们心中又发现了问题,我们为什么到这里来读书?该用什么方法读书?这一连串的问题自然要来触动我们的脑筋。本来已经解决的问题，依然又来引起我们的思虑。

古人曾谓皓首穷经，可见书是永远读不尽的，因此读书问题也谈不尽。黄山谷说："三日不读书，自觉言语无味，对镜亦面目可憎。"朱元璋说："一日不读书，便觉思涩。"他们都视读书为人类生活的一部分，是不可一日缺少的。

人生的黄金时代是青春，俗谚说得好："百金买骏马，千金买美人，万金买禄爵，何处买青春。"西哲拉凯尔也说："长葆青春，为人生无上的幸福，欲享此种幸福，当死于青春之中。"古今来骚人墨客，对于青年，无不加以最高的赞颂。因为青年有沸腾的热血，有进取的勇气，有坚忍的毅力，有耐劳的体魄。老年人就不然，如其老年人也具备此种精神，则与青年无异。所以拉凯尔说"当死于青春之中"，他的意思是说，人人应该保持着青春的精神，以至于老死。

正因为青春的可贵，我们就得利用青年时期的智力、体力，充分发挥我们的求知欲望。不过于此乱世，青年又极易于动摇，往往敌不住外物的诱惑，以为求学本以致用，但不学无术即已致用的例子很多，有的只消略施魔法，铜山金穴就会到手，又何必孜孜为学呢？其实对于读书一事，表示怀疑的人，古已有之，不仅现在，子路就说过："何必读书，然后为学。"杜工部的诗："纨绔不饿死，儒冠多误身。"清初的学者颜习斋提倡兵农礼乐，他说："读书人便愚，多读更愚；但书生必自智，其愚却益深。"我们看他们的意见都是有所为而发的。子路说的话虽被孔子骂了一声"吾故恶夫佞者"，但子路的意思是暗示不应以读书为止境，他要去实践，犹如我们请求学校给我们去实习一样,工部的诗句本是慨乎言之,习斋看见当时的那一般白面书生"柔脆如妇人女子,求一豪爽倜傥之气亦无之",(见《泣血集·序》)实已违反读书的真义,因此他强调:"习于礼乐射御之学,健人筋骨,和人血气,调人情性,长人神智。"他不赞同朱子的"半日读书,半日静坐"的方法。他的意思要叫人读活书,不要读成一个迂夫子,然后才能有益于事功。他的主张是针对着当时的病端而说的。在今日看来,并不能借来当作不必读书的理由,其实倒是催促我们猛省,指示我们一面读书,一面应该注意现实问题,不要读书读到牛角尖里面去。世间尽有实行"秋怕蚊虫冬怕冷,收拾书籍过残年"的人,但一读元朝翁森的《四时读书乐》,仍觉读书的真趣无穷。在社会里营营逐逐的,如果"偷得浮生半日闲",还当以能读书为无上的快乐,何况青年本是以读书为自己的职责的呢!

  诸君或将反诘我说,现在还有比读书更重要的事等待着我们青年去干呢!这是问得有理的,这句话的意义我也十分了解的。然而试想一想,我们不读书,我们将更感空虚,将感到生命的无所寄托,我们青年的力量更不易表现出来,此时我们放弃了读书的机会又将何以自慰呢!诸君也许又要反诘,现在我们的生活已经到了穷困的境地,实已没有心情放在书籍上了。其实生活的穷困,在今天决非三二人的问题,这是明显的事实,大家也许要说"不得了",就生活的艰苦说,诚然是"不得了",但抗战支持了五年多,我们充分发扬了中华民族的优越性,就国家民族来说,我们可以说一句"了不得"。我们今天为了国家民族的"了不得",只好忍受个人的"不得了"。我们不妨在这二者之间，权衡轻重。

在承平时代，为求社会的进步、文化的绵延，我们不能不埋头研究。每值太平盛世，学术易于发达，历史上不乏其例。即所谓艺术之花，常开放于和平的园囿。但回顾抗战以前我国学术界的情形则何如？自然我们不能否认过去的成绩，也应感谢学术界饶有贡献的先进。如以文艺为例，可以说抗战后的质胜于战前，量的方面也许不如战前。其他学术部门我也觉得战后较之战前能够脚踏实地，似乎一切虚浮的表露都较战前为少。战前北平京沪的学术界人士，其中不乏生活富裕的，饮酒食肉，放言高论。见青年写作，斥为幼稚；见同辈著述，也摇头慨叹，认为多事。但彼辈终年难得着墨一字，却自视甚高。此种现象，在战后已减少，原来炮声一响，他们已不能再蛰伏在象牙之塔里面了，如不改业，则只有吃苦。因为时局环境的刺激，加上生活的困厄，不知不觉之中，锻炼自己，渐渐倾向于坚实的道路上去，这无异从战争之中挽救了一批自私自利的知识分子。再就青年中来说，也有同于上述情形的。我们知道学术的设备不齐全，教师不尽合于自己的理想，一切享受，都不及战前的舒服，然而我们不能不苦读下去，还得用这种方法来充实自己，否则在战事完结以后，将成为一个落伍者。总而言之，战争的号角，惊醒了多数知识分子的迷梦，乃是事实。现在大家都知道忍苦耐劳，用相同的步伐朝着同一方向进行，这也是战前稀有的现象。纵令我们所希望的图书仪器不及从前，只要我们有坚定的目标，我们的造诣是不会弱于承平时代的那些人的。"落红不是无情物，化作春泥更护花。"战时研究学术，它的作用譬如春泥，将来中国的文化，还得依赖春泥来培护。

我们认定读书的重要同空气米麦，但也得注意读书的方法。幼时我在私塾读书的时候，教师往往是不讲解的，也不喜欢别人拿了问题请他解释。读《诗经》时只知道随着教师念"维天有汉，监亦有光。跂彼织女，终日七襄。虽则七襄，不成报章。睆彼牵牛，不以服箱"。读《楚辞》也只会念"越云汉兮南济，秣余马兮河鼓"。闹了一阵，仍不明白天汉、织女、牵牛、河鼓是什么。有时向教师追穷了，他怕麻烦，就在有星的晚上，用手朝天空随意点指，后来才知道他所说的完全不是那么一回事，因此我才明白读书不问是不行的。《书经》说"好问则裕"，这话一天天都在解决这些疑问的符号。年幼时不能解决的，留到壮志以殁。有时是我们自己为自己解决，有时是代替别人解决。我们在读书时代解决疑问符号的方法不是别的，就是"问"。问教师，问工具书，问参考书，问图书馆。这就是读书的最好的方法。

一切事物必有它的变化发展的法则，只有问答辩难始可明白它的意义，愈问答辩难而真理愈明。希腊古代哲学家苏格拉底探求真理的方法即是用"对话法"，他讲学时，先承认对方的理由而用问答方法穷诘之，慢慢使对方自知缺点，自己推翻自己的话，结果受教者能够认识真理。柏拉图的哲学著作《对话篇》亦用辩难的态度，将他的思想告人。古今中外的典籍采用此法者甚多。我国的"四书"也是用对答的形式。基督教的《新约》、佛教的《法华经》不是也采用此种方法吗？现今的青年读书尚未明了此意，故不知自动地提出问题，向各处求得解答，虽已入学校读书，问题亦不能说是解决。

但发问辩难并非读书的止境。我们发问辩难以解决人生宇宙的许多疑问符号,解决之后,此一问题就可以储积起来,作为我自己的营养料。我们后一代的人必须从前一代接受其优秀部分的遗产,化作我们的新的血肉,然后我们才能成就新的发展。《文心雕龙·知音篇》里明白地说:"凡操千曲而后晓声,观千剑而后识器。"学曲、学剑与读书的追理是一致的。杜甫说的"读书破万卷,下笔如有神",其理由亦正相同。在青年时代,我们的生活体验是有一定的范围的,故不能不借助于书籍,用以观察或吸收现实,把我们从小范围的生活圈子里面解放出来,认识真正的人生社会。要做到这一步,就得从储积知识着手。

即已由读书储积知识,此知识如何能永为我所有;如何能用之于正道,这些是与个□□们看汪洋大海,一望无际,故能吞吐巨□□,始可接受一切真理,孔子说:"吾有知乎哉!无知也。有鄙夫问于我,空空如也。"从这一段话可以□□位虚怀若谷的人,他能够自认无知,所以才有求知的欲望。我们时时感到空虚,便思时时取得新知,故知识源源而来,不虞中辍。正如佛经所说"迷知为识,转识成知",到了如此境界,便可继续不断地接受新知,知识既获,又求所以实践之道。不畏难,不苟且,面对现实,以自己的学问求证于社会,时时保持方正的人格。然后可以说是用之得其正了。

写文至此,夜间人静;自窗外望,银河在天,明星灿烂。牵牛织女二宿,遥望相对,七夕早已过去,念此二星将永远不能会晤,正唯其不能会晤,故能永远保持他们的青春。俗人无知,为他们设计"鹊桥",

竟不知宇宙是永远年青的,地球自然也是跟着长生的,人类的知识也是青春不老的。我愿这一时代的青年都明白这个道理,愿大家宝用青春的力量,勿求虚幻的解脱,不作无益的愤怨,不用卑怯的心理规避灾祸;对于知识,务求彻底了解。那么,光明绚烂的前途,始终是等待着我们的呀!

1942年9月作于花果园

原载《贵州日报》(原《革命日报》),1942年10月1日。署名:谢六逸

认识真正的孔子

名垂宇宙的哲人,听着他的名字就令人肃然起敬的,本来屈指可数。中国的孔子,要算是其中的一个。在中国社会里,他的地位,早已和神祇并列,受着士人的崇拜。自从汉武帝建元五年设置五经博士以后,一千多年来,他的思想支配着整个中国。他的在天之灵,俯瞰着历代创业的帝王,在取得天下之后,就运用经术来治理国家,有的果然收效。他又见着一般八股文大家将一顶方巾向他献上,另一般人向他献上的是西装革履。(例如张之洞的《劝学篇》)这时他所感觉的味道是什么?固然无从得知。不过在我们看来,也许他所最不愿意的是被人误解,中华民族的固有文化是必须发扬恢复的,对于代表民族文化的哲人,我们要有清清楚楚的认识,尤其像孔子这样伟大的先贤,我们不该误解他。我们所崇拜的是真正的孔子,绝不是被腐儒所误解的孔子。在这孔子诞辰节的前后,我们吟味孔子的言行,怀想他的高风,实不胜景仰之情。

"孔子是怎样的一个人呢?"我们拉着一个小学生的手问他,他的回答是"孔子是一位圣人"。不错，孔子确是一位圣人。可是"圣人"二字，常常被人误解，认为是玄之又玄的名称，其实并非如此。"圣人"二字见于古籍中的，有《诗经·小雅》的"奕奕寝庙，君子作之。秩秩大猷，圣人莫之"，《大雅》的"维民圣人，瞻言百里"，《论语·述而篇》的"子曰，圣人吾不得而见之矣，得见君子者，斯可矣"。单用一个字的，例如《尚书洪范》里的"聪作谋，睿作圣"。《说文》解释"圣"字是："圣：通也。从耳呈声。"《尔雅·释言》谓："献，圣也。""聪明睿智曰献。"《洪范》里的"圣"字，孔安国释为"于事无不通谓之圣"。《大戴礼记》谓："圣，知之华也。"从这些解释，知道"圣"字的本义是指最高的智能而言。所谓圣人、圣王、圣者一类的名称，不外是指那些最高智慧之所有者。所以《子罕篇》："夫子圣者欤，何其多能也。"《荀子·儒效篇》说："虽有圣人之智。"这已明明白白说出圣人是指博学多能者，因此《吕氏春秋》说"圣人上知千岁，下知千岁"，王充《论衡》谓"智能博达，则圣人也。"其实圣人的称号，一方面固然是指最高的智能，同时又指最高的道德，就是司马光说的"才德全尽谓之圣人，才德兼亡谓之愚人，德胜才谓之君子，才胜德谓之小人"。（《资治通鉴》）孔子的智能与德行两者都能达到最高的境界，所以足够称为"圣人"。子贡曾经称赞他"仁且智，夫子既圣矣"。可是孔子谦逊地说"圣则吾不能"，在孔子自己实不愿居这一个"圣"字，因为不是轻易可以做到的。引申此义，可知国家的理想人物，不单是要求最高的智慧，而且要求着最善的行为。

关于孔子的智慧，《孔子世家》已经记载着他能够识别土缶的狗和坟羊,能够说明防风氏的大骨、肃慎氏的箭矢,这虽是浮夸的传说,但要形容一位博学多能的人物,也是颇为适当的。他生当春秋战国时代,眼见着社会的混乱、知识的卑下,因此他想复兴尧舜禹谒文武的文化,对于求知的态度他是要"温故知新","学不厌而教不倦"。他不让当时的文化停滞下来,陷落人群于愚昧的境地,这是他足以称为圣人的一方面。其次,孔子见着当时个人的人格破产,那些唯我主义者、剥削主义者、破坏主义者,一流人□大大的□□,不知所以贤人之道,引起整个社会的崩溃,他不禁为之忧惧,所以他主张"仁"与"忠恕"。在他看来,人不是可以孤独生存的。人与人□为一群,成为一个社会。一个人不能尽为人之道,就破坏一家的和平;一家的和平破坏了,就破坏了一城一镇的和平;一城一镇的和平破坏了,就会影响到一个国家,甚至于影响到整个的世界。一个人如果在自己的修养上,努力做到"仁"与"忠恕",即可以说是做到最善的境界。人人如此,则理想的社会就不难实现,国与国之间也就不患不能和平。总之,孔子在学问、德行上所表现出来的,不外是一个热心的救世主义者,他所日夜希望祷祝的,不外是一个善良社会的实现。像这样的一个人,我们可以称他为"圣",他是可以受之无愧的。

孔子所理想的善良社会是一个怎样的境界呢?第一是有"礼"的社会。他认为"礼"是维持社会秩序最好的方法,也是统御社会的原动力。没有"礼",我们就不能营共同生活。他指出"礼"的真义说:"恭而无礼则劳,慎而无礼则葸,勇而无礼则乱,直而无礼则绞。"(《论语·泰伯》)可见一味谦逊,一味小心谨慎,一味好勇狠斗,一味直爽,都是不合于礼的,结果只变成了自苦、畏怯、变乱、急切,反而是有损无益的。有"礼"的社会,必能注重音乐与文艺的修养,因此他提倡文艺教育,由文艺教育的功用,达到善良社会的实现。一个社会单是偏重道德教育,其结果不免是空洞干枯的,道德的教条只是断片的、琐絮的,是一些抽象笼统的条目,不易使人发生反应。而人类的生活又极繁复,势不能一一条举出来教训别人。至于文艺的力量则反是,它包含宇宙人生的真义。哪怕是零碎的生活,一经写进文艺作品,就能成为集中灵活的东西,将真实的生命表现无余。在文艺作品里面——不论诗、词、小说或戏剧,一根小草也是无限生命的象征。经过文艺的描写,一切生活的真相就浮现眼前,死亡的也就复苏。文艺作品中的世界不是□□□□□□,而是生命□集中的世界,由其□集中□的世界,更增长扩展为新鲜生命的世界。凡是人类,常在无意之间,想把新鲜生命所集中的世界建设起来。人类所需求的是公正、同感与理解,不需求的是分裂、憎恶、误解与纷争冲突。同时不愿意在日常生活里,琐絮地受人批评,乃是人之常情。若有人对于人生作集中概括的评价,倒是颇受欢迎的。因为此种集中概括的评价能够指示一个方向,使人类向着生活的综合方面走去,终于可以得到安身立命的所在。文艺的力量,可以达到人类生活的综合的批评,它使人类成为一大交响乐,就是"大同世界"。如果想把复杂多歧的生活加以综合的评价,则文艺的力量,实超越道德的教条。孔子在倡导"仁义""忠恕"之外,他又重视"六艺",他说:"志于道,据于德,依于仁,游于艺。"此语足以证明道德与文艺不惟不相反,而适足以相成。如果不信,可以拿杜工部的《北征》一诗为例,《北征》是一篇文艺杰作,其中所表达的爱国思想使人感动的程度,必能胜过若干道德的教条。

自董仲舒以后,不免有人把孔子的真面目隐蔽起来,代替孔子说话,那些说话如被孔子听见,他是否赞许,也还是问题。另一种人对于孔子的思想学说不加抉择,认为是一种"万金油",可治百病,那也不免过于主观。其流弊必至于"读《论语》退黄巾贼",这是违反时代的。我幼时听过一个故事,大致说李自成、张献忠造反之前,有一位老师□儒,受聘于某巨室,主人对于西席的招待,可说优厚万分。可是他教读时,被禁锢在一间屋子里面,他每天独自一人在屋里高声教读"四书",他的弟子们在隔壁受教,随着他诵读,有时也可以隔着墙壁谈话,可是师生之间,从未会过面,在这种方式之下,教了一年多。有一天他要辞馆了,主人为他践行,他要求会弟子一面。主人说:"会面是可以的,若使你受了惊吓,我可不负责任。"一会儿,主人叫那些学生出来了,老师一看,尽是青面獠牙之辈,骇得魂不附体,后来主人为他解释,说这些都是天魔,不日投生人世,他们性残嗜杀,所以请老师对他们讲授孔孟之道,让他们懂得一点仁义,也许稍减人类的浩劫。我想那些弟子里面,也许有李自成、张献忠在内,可见张李之流,除了仁义而外,是需要一点什么的。这事使我想起孔文举对曹孟德说的一句话,就是"以今例古,想当然耳"。

孔子的思想言行确是最可宝贵的文化遗产,然而我们所处的是20世纪,孔子则是春秋战国时代的哲人。他的思想,我们不能全盘拿来运用于现代,必得加以择别。不然,王莽是尊经的,但旋踵而亡;南宋是理学昌明的时代，并未挡住外来的金戈铁马；如今我们的敌人也在提倡一套王道哲学。我们除了认识真正的孔子，学习他的精神而外，就不能得着他的思想的真谛，将不免削足适履之弊。

然则我们要如何才能说是认识真正的孔子呢？我愿引用孙中山在民权主义第六讲中所指示的好话，作为本文的结束：

> 我们旧有的道德，应该恢复以外，还有固有的智能也应该恢复起来。中国有什么固有的智识呢？就人生对于国家的观念，中国古时有很好的政治哲学。我们以为欧美的国家，近来很进步，但是说到他们的新文化，还不如我们政治哲学的完全。中国有一段最有系统的政治哲学，在外国的大政治家还没有见到，还没有说得那样清楚的，就是《大学》中所说的"格物、致知、诚意、正心、修身、齐家、治国、平天下"那一段的话。把一个人从内发扬到外，由一个人的内部做起，推到平天下止。像这样精微开明的理论，无论外国什么政治哲学家都没有见到，都没有说出。这就是我们政治哲学的智识中独有的宝贝，是应该要保存的。

原载《贵州日报》(原《革命日报》)，1943年8月26日。署名：谢六逸

欧洲文艺思潮研究的切要

"文人相轻,有古而然",这两句话我们已经听得烂熟,可是现在已经到了离开"相轻"而到互相"尊重"与"批评""鉴赏"的时代了。我们不特要能够"批评"或"鉴赏"同时代的作家与其作品,就是以往的作家的作品也应该能够批评鉴赏。我们要想达到这个目的,文艺思潮的研究便不可忽略。凡是研究文学或爱好文学的人,对于文艺思潮都有理解的必要。试分述于下。

一、专门从事文学研究者

这一类可别为三种——

1. 创作者;
2. 翻译者;
3. 一般的研究者。

我国文学不发达的原因,在于作家只知"闭门造车",没有和世界的文艺思潮接触,从前提到文学,便把经、史、子、集都抬了出来,而诗歌、戏剧、小说反居其次。如果中国的文学家能够在百年前或数十年前，与世界文艺的潮流接触，或者能够适应世界文艺的潮流，我国的文学必不致这样贫弱，是可以断言的。

从前创作的人，常以"才气"为主，这是谁也不能否认的。但是"才气"是否完全可靠，却是一个大问题。假设一个作小说的人，他生在新世纪，但是他的作品的文体，是极陈旧的，则他的作品便没有成功的希望。举一个浅显的例，一个作家，他用四六调的文体来写小说，那么，这种作品的价值也就可以想见了。要想做一个创作家，自然以能够独创风格文体等为可贵，但是如其对于已往的或目前的时代不能了解，对于现代的文艺也毫无知识，是鲜能成功的。今后的社会是一个转变的社会，我们希望有能描写新时代的作家出现，有能够打破陈旧的文体或风格的作家出现。一旦有了这样的作家，他必定是一个对于世界的文艺思潮极有理解的人。

次则介绍他国文艺，也不是容易的事，他的困难也和创作一样。古人曾以"汗牛充栋"来比喻著作（或书籍）之多，但是到了现在，岂特"汗牛充栋"，若要运输世界的名著，怕要用长列的火车或成行的轮船了。我们在这种"浩如烟海"的著作里面，想把从古至今的杰作（Classics）都看一遍，真是非尽毕生的力量不可。若要把那些有名的著作家及他们的著作归纳起来，希冀得一点系统的知识，便非从文艺思潮或文学史的研究着手不行。我们有了这种知识，然后才能够知道哪一种作品应该介绍，哪一个作家的作品是值得翻译的，可以免掉许多精力的浪费。

如果自己并不想创作，也不想去介绍他人的著作，只是对于文学的理论，或是文学的某一部门下研究的人对于文艺思潮的研究也是不可缺少的。因为许多文学的理论都建筑在历史的上面，一种文学上的集团或派别，常常产生一种文学上的理论，我们对于文学上的集团、派别和他们各人的主张、理论，都能了解，然后我们的研究才不至于没有根据。

二、爱好文艺者（即非专门从事文学研究者）

文艺是人类的精神的粮食，文艺书籍的阅读，是我们的一种权利，也是一种幸福，所以我们不可把它放弃。爱好文艺是谁也有的天性，婴孩要听儿歌，七八岁的小孩要听故事，十二三岁的儿童要看童话，这是谁强迫他们的？无非是从他们的"天性"中自然发出来的需要而已。到了成人以后，这种要求是有增无减的。即令我们虽不是专门从事于文学研究的人，是研究"法律"或"商业"的，如其有了文艺思潮的知识，对于古今的作家或派别都能明了，则我们选读他人作品时便不会漫无标准，不至于"不得要领"。有了文艺思潮的智识，就如未到上海，先看了上海指南是一样的便利。所以爱好文艺的人，对于文艺思潮的研究也是不可缺少的。

就地域上区分文学，可以别为世界文学与国民文学二者。世界文学为各国国民文学的总和，一国的国民文学常影响于他国，因此成为一种潮流，此种潮流，遍布于某一时代（如18世纪或19世纪等）或某一区域（如南欧与北欧等），互相激荡汇为一时代的主要文学潮流，且成为世界文学。

欧洲文艺的潮流常互为消长,成为波动的形态。此种潮流的发生,常以社会现象及时代精神做背景。就一国说,作家的思想不是一致的,因此便发生派别,由派别显露出相同的倾向,便成了一个集团。此一集团我们便称他为某派,称他们的共同的倾向及特色为某种主义,或称为某种主义的运动。

文艺思想在东方没有潮流的发生,东方的文艺思潮(如日本)是受了欧洲的文艺思潮的影响然后才发生运动,(如我国的白话文学的革新)所以我们研究文艺思潮,当然以欧洲的作为研究的对象。

欧洲文艺思潮的范围,包括古代到现在的一切文学上的思想、派别、主义、运动。还有代表一派或为某种运动的主要作家和他的作品,也在研究的范围以内。

"文艺思潮"的范围与"文学史"的不同,前者的研究是横断面,后者的研究是直剖面。可用下图表示——

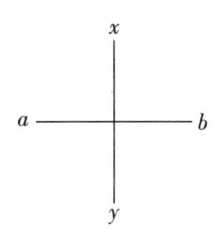

$$\begin{array}{c} x \\ a \longrightarrow b \\ y \end{array}$$

如图,ab 线是横的,此线代替一时代的文学思想、派别、主义、运动等,其叙述的方法为综合的。xy 线是纵的,此线代替自古迄今的文学作家及其作品、传记、他人的批评等,其叙述的方法为个别的。二者的研究对象各有所偏重,即前者偏重派别与思想,后者偏重作家与作品。不过前者的研究对象并非置作家与作品于不顾,只是叙述时可以不必如后者之详备罢了。

1930.12.1

原载《新学生》,1942年第1期。署名:谢六逸

孤岛吠声
——傀儡的排外言论

汉奸闹排外,听起来正如妓女讲贞操一样地不相称。

本来,排外是一种狭隘的民族意识的表现。甘心出卖国族的汉奸,脑子里何尝有半点民族意识存在?他们方且奉外人为主子,叫外人作爷娘,为之吮痈舐痔之不暇,遑论乎"排"?然而,目前汪逆及其喽啰却的确在排外,不仅嘴上喊喊,而且见诸事实。倭寇占领地区反英反美团体的风起云涌,友邦侨华人士的横遭凌辱,就是汉奸排外的具体表现。

这里要指出的是,汉奸所"排"的"外"仅限于同情我国抗战的友邦,至于我们的敌人倭寇正是他们的主子,他们当然连做梦也不敢想到要排,就是敌人的帮凶——德义——也不在他们应"排"之列。

显然,汉奸的排外只是倭寇所导演的傀儡剧中令人发噱的一幕。倭寇好比恶汉,汉奸是恶汉所豢养的巴儿狗,恶汉遇到不顺眼的人总要嗾使他的狗吠上几声或上前咬一口。同情我国抗战的友邦人士乃倭寇的眼中钉,自然也就成为汉奸喑喑狂吠的对象。

这种无耻的勾当在汉奸嘴里居然解释作"爱国"行为。理由是：英、美是中国真正的敌人，(他们故意把英、美与我国邦交史上一些不愉快的事迹旧事重提，并加以强调)只有蓄意亡华的倭国才是我们的友邦。因此，他们的排英、美是由于"爱国心"所驱使，目的在使中国"脱离西方资本帝国主义的束缚"！

汉奸是不知道人世间有羞耻事的。淆乱黑白、颠倒是非，在他们简直是家常便饭。一堆臭粪摆在地上，即使人人都知道是粪，他们也会大着胆说那是金子！至于人家嗤之以鼻，他们尽可以充耳不闻，这是汉奸的本色，也是做汉奸的必备条件。

不久以前，上海英军的撤退曾使倭寇汉奸辈弹冠相庆，以为这样一来，他们的恶势力马上可以侵入租界。不料英军甫去，防区随即由美军开入接防，倭寇空欢喜了一场，不禁恼羞成怒。回过头来，向手下群狗吆喝一声道："孽畜，还不吠他几声！"

于是，群狗忙不迭地对着英美人吠起来，此吠彼和，霎时吠声大起，险些儿把孤岛人士耳朵震聋！

"英驻军地点是中国之上海租界"，一只狗这样地吠，"其所由撤的地点，亦为中国之上海租界。英国驻军须邀得中国政府之承认！(不知道几十万惶军的侵入中国，几时邀得中国政府之承认？)那么其撤军的通告亦应以'国民政府'为对象。明显一点说，上海租界的英军防区，应交由'中国国民政府'管理。"(见8月27日《中华日报·论文撤军与接防》)

不错，租界是我国的领土，我们终久是要收回的。然而在倭寇卵翼下的伪政权也配谈这个问题吗？他们无非想把租界上几百万同胞的命运置于敌人魔掌之下，俾可以一任敌人生杀予夺，用心之险，真是无以复加了！还说把租界交由"中国国民政府"管理，我堂堂国民政府的名义，是这班狗才可以任意盗窃的吗？

> 可是租界当局却纷扰于接防问题，并且竟有一般出卖租界者，希望把"国民政府"之接防权让与美国，我们决不缄默。
>
> 列强之驻军租界，已属非法，如今英军撤退，正所以纠正过去错误，挽回中英友谊。条约上既无驻军之规定，更无调防之条文。如美军接防，在"国民政府"视之则为私相接受，以暴易暴。侵害中国之主权，妨害"国民政府"权力之行使，决非"国民政府"所能容忍的。（同前）

原来不把租界拱手让给倭寇，让美军来接防，在汉奸眼里便是"私相授受""以暴易暴"，照此推论，汪逆同敌人签订卖国条文，大约是"公相授受"了？让倭寇来统治中国，想是"以仁易暴"了？驻沪的英美军队，除了少数士兵偶尔酗酒肇事以外，我们还没有看见他们"暴"到什么田地；而惶军在我国境内烧杀淫掠，却是铁一般的事实，但汉奸却偏不以为"暴"，诚不知"暴"之一字，在汉奸字典中究作何解！

> 外籍"附逆"份子中，美籍人占多数，彼等已藉口领事裁判权为包庇掩护，如美军接防，又将以武力为后盾，则租界之安宁与秩序，将完全破坏了。（同前）

同情我国抗战的国际友人，他们胆敢说是"附逆"，已属荒谬绝顶；而认美军接防后会破坏租界的安宁与秩序，更是无耻到十二万分！租界的安宁与秩序，在倭寇及汪逆势力未到达上海前，从来就不曾成为一个问题，一直到上海变做孤岛，汪记喽啰四出横行，才把租界搅成恐怖世界。他们不提"安宁与秩序"倒也罢了，提起来简直使人作三日呕！

另一只狗吠道：

> ……在这个时候，却有美国驻军将接防英军原有防地的传说传了出来。这种传说，我们希望其永远为一种传说，永远不会见诸实现。盖以其不但足以破坏"中"美两国的感情，更足以引起远东紧张局面的另一新而广遍的不安。（《中华日报》8月12日社论《反对私相授受的勾当》）

汉奸空自害了一场单想思，"传说"毕竟"见诸实现"了。中美两国的感情并未因此破坏；相反地，我们还热望富于正义感的美国军人在上海以更积极的手段对付那些来自歹土的匪徒，则租界的安宁与秩序庶几可以确保。

接收英国所放弃的权益的,将是这些权益的原有的主人,而不应是远隔重洋的美国。况且英国没有权利可以将其以不平等条约所取得的所谓"既成权益",以私相授受的方式让予任何其他一个国家;而任何一个国家,亦没有权利可以在其原有主人之前,对这些所谓"既成权益"加以接受。(同前)

依照"物归原主"的道理,当然只有中国人才有资格接收租界。然而,汉奸可以算是中国人吗? 不但不能算是中国人,根本就不配叫作人! 他们既然懂得"任何一个国家亦没有权利可有在其原有主人之前对这些所谓既成权益加以接受",那么倭国又有什么权利侵占我国数千百万方里的土地呢? 难道中国的原有主人是倭奴吗?

租界终有一天要由我政府收回的。但必定要在抗战胜利以后,届时不难以外交方式达此目的。目前尚非其时,与其让倭寇侵占,毋宁希望友邦人士多维持一时,深信孤岛上几百万市民对于敌伪这一个阴谋,一定会誓死反对的。

尽管群狗在不断地狂吠,直到现在美军还是屹然在租界上驻防。倭寇的暴力恫吓,尚不足震撼山叔叔毫末,区区犬吠又有什么鸟用!

原载《尖兵》,1940年第2卷第9期。署名:路易

社会研究部工作概况

一、绪言

抗战军兴,本校播迁转徙,备历艰辛,然对于各种研究工作,未尝稍懈。忆初来黔时,王校长即揭櫫"提高学术研究"作为全校共同努力之最大目标,用以勖勉师生。四年以来,校内学术空气愈趋浓厚,研究机关纷纷设立。[民国]二十七年春季,设立"社会经济调查室",附属于文学院,聘请社会学家吴泽霖博士主持。一年后,为促进工作效能,充实内容设备起见,复改名为"社会研究部",从事进行有系统之调查与研究,以冀促成贵州社会建设之事业。自成立以来,一切工作积极进行,稍有成绩可睹。爰将本部历年工作情况及今后拟定进行计划,概述于后。

二、工作报告

社会经济调查室,系本部之前身,在设立一年内,多偏重社会研

究,其完成之工作,有下列数项:

1. 主编《社会旬刊》,得暇《贵州晨报》副刊地位发刊,自第一期起,每旬出版,不意至第四十期,因报社被炸停刊。

2. 接受教育部之委托,调查贵州省乡土教材。选择定番县为调查对象,费时半年始告完毕,编成报告十四卷呈部,约四十万言,举凡定番县地理、历史、人口、物产、农业、工业、交通、商业、财政、政治、教育、社会、人文、名胜等,阐述颇为详尽,曾蒙教育部嘉许。

3. 望亭镇社区研究。此项调查工作完成于[民国]二十六年春,但全部资料未经整理,特请原调查人编成报告,长十余万言,为国内社区研究空前之作!但为经费限制,原稿存部,迄今尚未付印。

4. 贵阳城区劳工概况初步调查。此项调查结果业已为文,发表于《新大厦》月刊第二期。

5. 贵阳劳动人口结构之研究。经实地调查半年,整理报告达三万字,编存部中未印。

6. 黔垣二四灾情调查。因二四敌机狂炸黔垣,灾情奇重,当即派员实地详细调查,费时一周,将结果发表于《中央日报》,文长三万字,连载四日。

7. 贵州各县风俗迷信调查,由本校黔籍学生着手调查,计有三十县资料稿存部内。

8. 编印史地社会论文摘要。此原为本校上海出版定期刊物之一,颇受学术界之重视,迁黔以后,仍指导历史、社会系学生摘录国内出版报章杂志上有关史地社会之论文,从未间断,积稿甚多,目前正在接洽印刷，不久可望复刊。

自[民国]二十八年度起，复扩充计划，工作方针，亦有改进。特别着重黔省苗夷生活之实际调查工作，但同时于学理上之研究，亦未敢忽略，最近二年以内，本部研究工作之已经结束者及正在进行中者，有下列数项：

1. 主编《社会研究》，承《贵州日报》借予副刊地位刊行，每隔星期二出版，现已出至二十六期。

2. 黔省苗夷概况调查。受内政部之委托，经初步调查后，派员分赴安顺、定番、庐山等处实地调查，历时八月，依照部定调查要点，撰成《安顺县苗夷调查报告书》《庐山县苗夷调查报告书》《定番县苗夷调查报告书》三种呈报，每种约二十万言，内容翔实，颇有助于当局施政之参考。

3. 黔省各县苗夷社会状况调查。本省省政府前曾主办边远农村工作宣传团，本部受民政厅之委托，调查各县苗夷社会状况，即派员随团分赴东西两路边远苗夷区域实地调查，经时五日完毕，撰成报告，送呈民政厅。

4. 黔省各县苗夷民俗资料。前本省教育厅民俗研究会，托由本部搜集各县苗夷之民俗资料，经本部派员分赴各苗夷区内搜集，前后达半年，将苗夷各种民俗资料汇齐缴送民俗研究会。

5. 黔省东南路边区苗夷生活调查。年前本部得某方巨款资助，派员远赴东南路边区各县实地调查苗夷生活状态，历时一年始毕，计有三合花衣苗、都江黑苗、下江生苗、榕江侗家、永从侗家等数种重要资料，现正着手整理中。

6.黔省各种苗夷语言调查。此项工作，曾请语言学者担任，两年内完成，威宁大花苗语、贞丰仲家语、八寨黑苗语、庐山黑苗语、贵阳仲家语、青岩白苗语、安顺青苗语、荔波家语、榕江侗家语、松桃红苗语等，除已出版威宁大花苗语字汇、贞丰仲家语字汇两种外，余稿已编成待印。

7.摄制《苗胞影荟》，本部近年派员实地调查苗夷时，摄得苗夷各种相片数百帧，为应各方需求，特选出足资代表者汇编《苗胞影荟》一种，分作数帧，每帧附以简要说明。第一辑为各种苗夷妇女服式，业已出版，销行甚畅，颇得好评，第二辑正在印刷中。

8.出版本部丛刊五册。年内将调查研究所得，编为专著，特印行丛刊一种，已出版《民族学论文集》第一辑、《庐山黑苗的生活》、《贞丰仲家语字汇》、《威宁大花苗语字汇》、《安顺苗夷的生活》等，共为五册。

9.其他工作尚有足述者，如指导中英庚款会所派研究生调查贵州大花苗生活与龙里青岩苗夷妇女生活，调查贵州各县场坝概况，调查贵阳社会生活，调查贵阳各种工业组织，调查贵阳公务员概况，编订西南民族研究书目，续编史地社会论文摘要，剪贴报章社会研究资料，翻印百苗图与红岩碑，绘作苗夷图表百余件，摄制苗夷相片五百余张，收集苗夷衣服用具四百余种，细目不及备述。

三、今后之工作计划

本部过去工作状况业已摄述如上，然以时日短促，事属创举查工作距希望尚远，不敢以此为满足，今后自应根据过去所得经验，加倍努力于调经研究工作。

本部过去经费，除由校方拨给外，其赞助本部工作而予以补助者，有教育部、内政部、交通部、西南公路管理处、财政部盐务缉私总队与禁烟督察处、黔省府民政厅、教育厅等机关，至于私人方面则有一美籍学 Miss Mickly 等，过去各项工作均赖此以维持。兹当三十年度伊始，本部业已重新拟定工文计划，着重苗夷族作此教育之普及，因困于经费，拟呈请有关当局补助，以利进展，该项计划之要点拟定如下：

1. 续完贵州全省苗夷生活调查，本部近数年来，派员遍赴黔省各主要苗夷区实地调查苗夷生活状况，今尚有东北及西北两边境区域未行调查，按东北为红苗区，西北为大花苗区，为研究苗夷之重要区域，拟于本年度内派员继续前往，以完成贵州全省苗夷生活之系统调查。

2. 续完贵州全省苗夷语言调查。本部鉴于贵州苗夷各种语言之复杂，年来曾派专家，从事各种苗夷语言调查，采用国际音标记音，编著字汇，现经调查编就者有十余种，惟尚差十余种不同之苗夷语言，本部拟于本年度内仍派员继续从事此项工作，以完成贵州全省苗夷语言之系统调查。

3. 编纂贵州苗夷适用教材。本部派员深入苗夷区域调查时，听见苗夷学校采用之教科书，多为上海书局所编者。教材内容不合实际需要。在各苗夷寨附设之私塾中，汉人塾师仍授以《三字经》《百家姓》《千字文》《幼学琼林》等书,此与现行教育宗旨不合,本部拟请专家,根据调查所得,特为编纂适用贵州苗夷生活环境之各科专门教材,推行苗夷学校应用,将来收效必宏。

4. 兼办贵州苗夷学校督导工作,贵州各地苗夷区域距省会县城辽远,山岭阻隔,行旅维艰,咸视深入苗夷区为畏途,因此位于苗夷区之学校或私塾,地方教育行政机关人员事实上不易经常前往督导,以故办理不善者居多,本部拟于[民国]三十年度派员至各苗夷区进行调查时,兼办苗夷学校督导工作,就近督促,经常指导,以助教育行政机关之不足。

5. 征集贵州一切文物。过去因派员赴各苗夷区域实地调查之便,曾购置贵州苗夷之文物多种。兹拟继续此项征集工作。

6. 出版贵州苗夷研究刊物。本部调查所得,资料渐多,当依此整理成为专著,年来出版刊物多种,皆为研究贵州苗夷之专刊,出版以来,颇受各方重视,拟于本年度继续出版丛刊十余册。

[民国]三十[年]五[月]

原载《社会研究》,1941年第26期。署名:谢六逸、陈国钧

《文讯》创刊辞

在抗战初期，浅识之士不免怀着畏怯的观念，以为战事一起，不唯城市化为丘墟，我国的文化也将全部毁灭。但四年以来，证明这种杞忧是错误的。兵燹之中，我们的城市遭受敌寇的破坏何止千百次，然在破坏以后，我们却有力量把它随即建设起来。至于我们的文化呢，在战争中不唯没有停滞，反而显出了它的特征。例如教育、工业、出版事业等，都能适应战时的需要，本着不屈不挠的精神，在后方树立坚固的基础。敌寇的炸弹何尝能够阻遏我们的进展。

从前我国的学术文化机关多集中于大都市，战幕既揭，公家私人所藏图籍，首当其冲者多化为煨烬，或被劫以去。牛弘所说的"图书五厄"，已再见于今日。重翻易安居士的《金石录·后序》，不禁同慨。可是今日已不同于汉末南宋。我们的文化中心已经分布到后方的重要据点，我们的四库全书也搬进了山洞，过去的损失不难运用现在的人力物力重新弥补，期必做到失之易而得之亦易的地步。战争的毁灭性虽大，我国优美的文化是敌人所破坏不了的。

出版事业的兴衰足以代表一国文化的升降,而今日的贵阳已成为后方的重镇。本局同人有鉴于此,拟定编辑计划,按期出版,使精神食粮无论在战时战后,都能够接济不断。不过出版事业与教育事业的性质相同,属于社会文化事业的范围,不是少数企业家的力量所能包办的,必有赖于文化界全体人士的合作。欲得文化界的援助,必须有一个在精神上彼此互相沟通的机关。德国社会学家邓尼斯氏分人类社会为利益社会与共同社会,前者的结合以共同利益为目的,如企业公司、同业工会、校友会、同乡会、政党等属之。后者的结合以"血族"或"居住土地"的互相爱好为基础,结合的目的不在由对方得到什么利益,纯由于人类的本质而来,如家庭、邻里等属之。但无论属于任何一种,如果缺少在精神上彼此沟通的出版物,其精神必涣散,其团结必松懈。政府有公报,商会有商报,政党之有机关报,团体之有壁报,其用意都不外乎此。

本刊原名《文通书局通讯》,略称《文讯》。其目的在集思广益,刊载学术论著、文艺作品、名著提要、文化动态以及其他与出版事业有关的文字。同时借以披露本局的出版消息,成为出版者、著作人、读者三方面在精神上彼此互相沟通的机关。创刊伊始,同人力量有限,希望文化界加以指导赞助,使这个微小的刊物,能够渐渐地发育成长,让它在文化界尽一份微薄的力量。

原载《文讯》,1941年10月10日第1卷第1期。署名:谢六逸

新闻标题研究

一

新闻标题,为新闻纪事中最简略的部分,处此人事纷忙的生活状态下,读者在阅览整个冗长的新闻纪事之前,需要先知道事实的结果,新闻标题就是为使读者在看报时节省时间而产生的。

报纸上面的标题,给读者一种明确与强烈的印象,他们只要看到标题,对新闻纪事中所含蓄的性质,便已知悉。从简洁的标题中,读者如同看了一张影片,先知道世界中所发生事件的反映,然后再进而详细地读完全部纪事的内容。良好的标题,可以省读者的时间,能领悟事件的轮廓。

构成报纸的重要元素的是新闻,其最大目的是以最新的事实,用最迅速的方法,报告给读者。但是开始显示于读者眼中的,使读者受到感动,发生冲动,而印入脑中的即为新闻标题,它可以决定新闻价值的高低,影响报纸销数的升沉。正如乔治·勃司登氏所说:"标题的制作确当,使新闻纪事上,增加妍丽与明媚,反之,就足以破坏新闻。"

标题之于新闻,形成了一种不可分离的性质,它是新闻的一件外套,也是包在物品上的一种标识,颜色鲜艳齐整,使一般读者,惑于其外相的显明夺目,而加以购买。良好的新闻标题,写作简洁而生动,能够引人入胜。

标题以惹起读者的注意为原规,须在简短的几个字中,说明记事中的内容,用语要洗练而有力,以吸引读者深切的直觉。措辞避免重复,以简明畅快为主,一则可使读者阅读后,立刻领会;二则可节省纸面的用途,不使无意义的标题浪费宝贵的篇幅。

新闻标题在现代报纸的生产量中,已占据了一个很重要的地位,它可以决定报纸的前进和退守。

标题的产生,不似诗词般的让你从容不迫,用长时间去推敲思量更改,它的产生,在子夜的隆隆卷动的印刷机声中,不论天时的寒暑,在极短促纷乱的一刹那时间,在无数的稿纸拥挤里,使你不能犹豫迟疑。你必须绞尽脑汁、挖空心思立刻思考出适当而完善的标题,有时以记事的曲折,形成了难产,这时记者的蹙额的情形是非笔墨所能形容的。编辑者的制作标题,比较诗人的作诗填词,其苦心之处,别有一番滋味。

标题另一方面,须"不偏"与"正确",一般编辑者,很容易在某一种标题上加上主观的色彩,使读者对全部新闻纪事,发生错觉。标题的正确性的重要,相当于新闻的真实性,一位无经验的编辑者,开始想把标题制作好,他必须将许多纪事中的主要点摘出,然后依照次序的重要而排列,当他已经完成了所做的标题,应该重新把纪事仔细地观察一遍,所做的标题,是否合于纪事,否则就有重做的必要。同时标题是新闻内容的指示,良好的纪事,写得完善而整齐,标题已埋藏在中间,编辑只需要一种"摘出"的工作,所以在写作标题时比较容易,如果是一篇冗长曲折的纪事,加以作稿的技术低劣,编辑者应该加以一番修正的功夫,或者将全部纪事重写,不然,草率地制就出标题,将影响新闻的本身。新闻将以标题的恶劣而减少读者的兴趣,这宜加以深切的注意。

二

新闻标题的起源时期,约在19世纪的后半期,它的产生由于客观环境的需要。自从科学发达,机械工业勃兴以后,人类生活日趋繁复,读者无暇将全部纪事阅读完毕,需要极迅速地知悉纪事中的结果,于是新闻标题,就应此趋势而产生。到今日,它的历史,不过是短促的几十年,可是形式与内容都在不断地改进,给与读者很大的效用与便利。

当19世纪前期中,欧洲出版的各种报纸或各种事件纪录,多以言论为主、事实为副,编辑者将本埠新闻、"欧洲近事"、航海消息当作标题,安置于纪事的每一栏的头上,逐日不变地应用着,此种广泛的标题的使用,只能视为分栏的方法,对事实的核心,完全没有涉及。

同一时期,我国的新闻方才萌芽,以发行最早的《申报》来观察,纸张是中型的四开报,粗糙而发黄,新闻纪事中,未应用到标题,与上述的欧美报纸彷佛,纪事前加上各地的通讯,如"北平通讯""天津近事"。还有许多编辑,深受到科举的浸染,所作标题饶有试帖诗的风味,如以每一地各编一诗意的总题,以显示编者的暗悉典例,如"金台小志"为京师通讯,"秦淮撑曲"为金陵通讯,"禹穴采奇""龙眠画意"为绍兴、安庆通讯等。每个标题,莫不含有古典味的诗意,因当时一般读者和编者都有试帖诗的经验及趣味,不觉相沿成风。

在欧美的同时期,美国的南北战争还未发生,编辑者知道在报头上标明某地消息的无意义,意欲另外变换一种方式,恰好当时的新闻纪事最惹人注意的是战争,他们就惨淡经营。这一种方式,现在我们也在继续地做下去。

一天天地过去,战事新闻已经流满到城市来了,编辑者觉察到一般读者,不满意于通信员刻苦冒险在战地中所采访来的会战的冗长论说,必须找出热烈的战争的缘由与结果,一般读者需要先晓得结果,然后再看事实,所以编辑者开始注意这些,改变通信员的纪事,把事实的结果放在前面,由此启发现在的新闻纪事中的简明的撮要。他们用以说明的标题改用"大战开始""占领""前线新闻""佛特镇已占领""二十万人在波士麦被杀"一类的标题来回答读者的疑问。

在美国南北战争时,标题的写作只是公布新闻,到了西班牙与美国战争时,标题用来宣传报纸的内容,直到1898年,标题的大小几乎横过了一全张,使标题有更多的变更与改革。第一次世界大战时,标题有许多的变化,写作方法亦大见进步。

三

新闻标题,既为报告简洁的事实于读者,故应使读者一瞥标题,即可悉其概略。秀美的标题,即记事的骨髓,它的表现,自有一种重要的艺术的价值在。新闻标题的意义可分三方面来讲。

1. 使人能很快地将新闻深印在脑中;
2. 引诱读者来读新闻的故事;
3. 引诱读者购买。

（一）提倡快读

由于社会文明的日渐进步,人事往来的繁复,新闻纸篇幅为适应需要,日渐增加,欧美各国的报纸,每日出版有数十张之多,即我国在战前发行的报纸,也有至七八张的,读者因生活的奔波,不易有机会将整个报纸中记事阅读完毕,只想将重要新闻选择来阅读,所以先花几分钟时间来浏览标题。

我们就新闻纸的立场而言,以都市的紧张与嚣闹,有许多人为求一切物质欲望的满足,他们的思虑力不免退化,对于满纸纷陈的纪事,读者缺乏消化的能力。因此制作标题者,于记事的观察,须不正不偏地报告给读者,更不可在标题上加上主观的论断,应该客观的叙述,不然,使一般先看标题、后看记事的读者,易受蒙蔽,对全篇新闻记事发生误解。

（二）引起注意

抓住读者,使他们注意到新闻的更进一层,这是标题的责任,报纸上日常刊载的记事，是一般读者都应该知晓的，然以有时新闻本身缺乏兴趣，或叙述恶劣，使读者看后发生厌恶，由厌恶而蔑视整个的报纸，这样，为了少数新闻的不留意，易使全报在读者的心目中丧失了信任心。

我们知道读者所首先要看的是最重要的一件新闻，所以不应该将重要者排列在普通的地位，使读者忽视，至于用字的适合同排列的美化，它能否使读者受这一个标题的印象，而注意将全部新闻记事读完，只看其措辞能否抓住读者和排列是否悦目就可以论断。报纸如具有诱惑性，读者热烈购阅，报纸的销数的日渐增加是意中事，同时声誉亦因此鹊起。反转来讲，假如不注意于标题的诱惑读者的作用，则非但使记者写成的记事，不易受读者的青睐，甚至于整个报纸发展的命运，亦将因此受严厉的打击，由此可知标题的重要。

(三)标题如何宣传新闻

从式样与地位而言，标题是说明新闻中所包含的是什么，它应该创造出趣味，使报纸的销数增加，读者感到满意，而有不读完不尽兴的趋势。一种报纸，利用新闻标题来推广报纸的销数是可能的。

依照普通的习惯而言，《晨报》同《朝报》，它最大的主顾，是长期订阅的读者，可以不必应用大字的标题宣传即可获得读者，即使应用，所增加者亦有限。只有在街头叫卖的夜报，没有固定的读者，销数的多寡，当视街头读者的多少而决定，所以需要用大字标题引人注目，借以增加报纸的销数，甚至有时将标题扩张到好几栏，此种制作，意在引起一般读者对报纸的注意。

提倡快读、引起注意及宣传新闻，为现代报纸的标题所特有的三大功能，同时也是它所具的三重意义。由于其意义的重大，它成为新闻纪事的重要元素，经营新闻事业者，利用它引诱读者，推广销路，发挥功能，每一个编辑者，彼此聚精会神，各不相让地，用出奇制胜的方法来竞争。报纸的生死命运，标题的使用，几乎可以把握到一半。

四

标题的存在，并非遗世而独立的，它的建立，与多方面的科学发生相互的关系，它是一种综合性的艺术的产物，制作标题者，不仅凭一点摘出或删去的手腕就能应付这渊博的事业，它的后面，有深邃的科学基础。其应用科学范围之大，较之任何一种科学为广，现在将标题与其他学科的关系分述于下。

（一）标题与心理学之关系

标题效用的第一点，就是引诱读者购买，使销路扩大，如何地引导读者来"购买"，将应用何种方式，则非研究心理学不为功了。它告知你一般读者所具的心理，以直觉性与反应测验，试验出读者的心理共通点，由此共通点，了解读者的内心，然后在措辞方面，利用心理学，以引导读者。

（二）标题与修辞学的关系

修辞的简洁，使标题的表现生动；用适当的文句，使读者明了记事全部的内容；从字形、声调诸方面，提起读者的共感与同情；编者能应用技巧，则可增加言语文字的优美。

(三)标题与伦理学之关系

新闻纸在道德方面,应宣扬善良的人生,不在暴露社会罪恶,它能训练读者,同时培养读者对于社会认识的正确性,应做到善良观念的启发与反省、向上意志的养成。标题的制作,应慎重而谨严,因客观环境的限制,往往所期望者,流相反的一途。在大都市中,每日制造出无数的变态的罪恶,编辑者当明白自身的职责是宣扬善良,并非暴露罪恶,读者看了之后所发生的影响若何,必须注意,但是大多数的编者,不惜将报纸的标题降至零度,为了迎合低级趣味,极力地描摹刻划,欺骗夸张,报纸的功用变成罪恶的课本,非但不能去奸除凶,反而使为非者得到参考,此种反常的标题,是不合于伦理的。

(四)标题与美术之关系

报纸的读者就是艺术品的欣赏者,标题的排列地位如何才能确当,在有限的地位内,如何使纸面形式调整匀齐,这非利用艺术学的修养不为功。庞大的标题,发表在纸面上,不是流于空虚,即趋于不美。标题过小,也不能引起读者的注目,如何使大小形式确当而均匀,则在编辑者有美学的观念。

(五)标题与社会科学之关系

政治、经济、社会、教育、史地、外交各科,为每一个编辑者所必具的基本常识。编国内新闻的,须谙悉政治、史地、法律;编国外的须熟悉世界史地、国际公法等;编经济商业版的,须懂得经学原理及商情;编教育新闻的须明白教育思潮。皆应有专门的学识,然后制作标题时,方能适合分寸。

(六)标题与自然科学之关系

天时的晴雨、水旱的灾荒,在每一日新闻报纸中,我们很容易见到,科学之大发明,与新奇事物之发现,此皆须有物理、化学、生物、天文等科的常识,然后作出来的标题才能正确而不曲解。

上面所举的,是最重要的几种基本科学,为每一个编者所不可忽略的,因为新闻标题的制作,是综合各种知识的产物,所涉及的范围很大,因而常和各种学问发生关系。

原载《文讯》,1941年10月10日。署名:谢六逸讲演、李公杰记录

敌情估计

敌情估计本是一件极不容易的事。自从敌国内阁改组以后,我国的言论界就有各种的推测。有的估计敌人北进,有的估计南进。各人的估量都有理论上的根据,所以能够言之成理。不过无论其观点如何,总不该忽略敌人的"西进"吧!

在今天,不管敌人北进也好,南进也好,都不容我们稍存一点怠忽的心理,乃是当然的。敌人之北进或南进并不能减轻我们抗战的艰苦,因此也不能稍存一点侥幸的心理。声东击西或避实就虚,亦为战略上常有的事。自东条英机出来组阁,大家不约而同地以为他将要北进。好像我们就可以喘一口气,以为"这可好了",如果存着此种心理,就不免要蹈袭过去的覆辙。

纳粹德国的参谋部对于敌情的估计颇为严密,不妨借来作一个例证。他们的参谋部把人员分为两组,每组由一位高级参谋人员率领。其中一组以本国的全部参谋人员自居,努力作进攻敌国的计划;另一组则假设为敌国的参谋部,比如要向法国进攻,这一组的参谋人员即变作法国的参谋部,努力于防御德国进攻的计划。两组同时先搜集有关德法军力的一切报告,德国组自然可以调阅本国的记录,法国组则由德国驻外陆军武官、间谍报告及国外报纸搜集情报。彼此估量所能调动的军队数目、军火给养、驻扎地点及组织情形,力求精密正确。为了实验作战的计划,又在国内寻觅与敌方相似的地形,如进攻某一敌国要塞,就布置得和敌国的要塞一模一样,双方先作模拟的攻守,借以试验那个计划是否实用,然后再决定应用于战场,否则必须改善。(详见美国布纳特著《德国进行全面战争的计划》一文,《战时事类编》第六十四、五期。)

由这一个例看来,敌情估计的大忌为轻率与妄断。只看敌人在目前的举动是不够的,还得对全部的事实作一次精密的分析,然后再作估量。纳粹德国参谋部的估计敌情,颇符合于设身处地着想与易地则皆然的原则。

我们如今要估计敌情也要顾及一个原则,就是无论敌人北进或南进,他决不肯放松了中国,让我们有一个喘息的机会。如果敌人不能够征服中国,他在越南或者太平洋上的蠢动也将变成毫无意义了。这一点是每一个中国人都应记着的。

原载《文讯》,1941年11月10日。署名:宏徒

荒山随笔

〔小序〕卜居荒山,倏已两年;白日见鬼,夜听狼嗥。遥望故乡,时多怅触。不打秋风,歪诗无用。编者屡索短稿,杂缀以应,难当"大雅"一哂耳。

11月10日《贵州日报·观风台》载着:"本市鱼价极高,菜馆鲜鱼每尾价达五十余元。"从前北方的鱼本来是极其名贵的,所以拿它来和熊掌相提并论。现在熊掌似乎已经落伍了,让鱼独霸山国的筵席。前日舒君对我说,他在望江亭畔见有贫妇出售她的两个孩子,竟有仁人君子愿共出价三十六元。可知不但熊掌比不上鱼的地位,连人也比不上它了。国学大师教学生写文章时,如要形容一种微妙的情景,就叫他用"如鱼得水"四个字,大概是从庄子的书里学来的。由此看来,鱼的地位之高贵,古已有之,不过于今为烈罢了。

在上海时,如果一所学校的设备不全,教师不良,学生鬼混,然学费收益极丰,社会人士就上以野鸡的尊号,以其近于商贾,无意于讲学论道。

　　自从百物暴涨以后,教师的生活已经打入十八层地狱。倾其一个月的收入,还不能够买得一石米。仆人早就告假了,友人某君天未发白即须起床帮助他的太太烧火打水;有的每日三餐已经改吃饘粥了。在教员休息室里,彼此诉苦。我勉强安慰他们,并且背诵一段圣贤的大道理出来:"一箪食,一豆羹,得之则生,弗得则死。""呼尔而与之,行道之人弗受;蹴尔而与之,乞人不屑也。"又念道:"一箪食,一瓢饮,在陋巷,人不堪其忧,回也不改其乐,贤哉回也!"那位朋友听了,不假思索地接着念道:"不幸短命死矣!今也则无!"旁边一位教师说:"一点不错,颜渊也是因为生活太高,营养不良,一面又好学用功,所以要短命!"后来我始终没有话可以安慰他们。

　　囤积居奇本是见于禁令的,然而大家不免要公开地囤积,否则有的就活不下去。学校里的教师本是请来讲学论道的,然而有的就非一手挟着书包,一手提着托友人从广州湾带来的化妆品,像托钵僧似的,向别人兜售,不能活下去。在如此情形之下,欲求现在一般学校的"质"不见降低,又焉可得!

　　原载《文讯》,1941年11月10日。署名:仲午

山居杂咏：过华家山

户外一池塘，塘边多古树。
春深花乱开，鸣鸟不知数。
时有野人来，手持耘耔具。
低田正种禾，高阜勤疏注。
力倦憩绿荫，长歌忘好恶。
我行偶见之，于此得真趣。

原载《文讯》，1942年6月30日。署名：谢六逸

山居杂咏:花果园远眺

山城风雨霁,景物更清越。
近水曲迤兰,远峰高插笏。
疏林苍翠中,石可数凹凸。
有鸟贴青天,云霄任出没。
人家十万户,烟火自飘忽。
拂树春风来,落花粘鬓发。
赏心在及时,坐以待明月。

原载《文讯》,1942年7月30日。署名:谢六逸

归乡途中感赋(外四首)

苗疆昔战征,酷吏扬威武。
不暇采苗风,唯知献丑虏。
重来乱山中,缀辔任仰俯。
峰顶及岩阿,硗田兼瘠土。
若者名天梯,若者为带缕。
窄处不容牛,旱时专望雨。
早作惊虺蛇,晚耕畏狼虎。
穷年四体勤,收获无三五。
结屋杉树阴,漏将杉皮补。
衣敝不遮胸,冻泥时染股。
稊稗和藜羹,无盐食灰卤。
儿女正饥寒,催租来田主。
括囊尽与之,更为烹雏黍。
里长明朝来,何辞谢官府。

吞声卖耕牛,谋食罗雀鼠。
所愿得安居,苗民不畏苦。

咏佃农

朝耘原上苗,暮灌园中菜。田主征稻粱,佃人获稊稗。妻孥半啼饥,衣履多褴褛。尺寸无能谋,辛勤敢自爱。

溪上观渔

(一)

春水深才过石,芦芽浅不迁洲;前溪摇出渔艇,隔岸惊起白鹤。

(二)

鸬鹚随棹入水,□獭翻浪求鱼;馋吻未能自饱,贫心甘为人渔。

山城晓望

出山平远绿无涯,四望川畴不受遮。秧叶纷披藏鹭羽,水声澎湃转牛车。时当梅熟偏宜雨,风过豆棚乱落花。富庶欲知何处是,朝烟缕缕万人家。

原载《文讯》,1942年7月30日。署名:谢六逸

风物志专号编辑后记

关于民俗风物的研究,在欧洲当以古代希腊的学者包沙尼亚斯为最早,他曾躬冒种种的艰难,游历全国,访谒各处的社祠,与各地人士交谈,采录传说与习俗,其记录的态度纯出于客观。论者以为他的《希腊志》一作,就搜集风物资料的价值上看来,较之历史家希洛多妥斯的文章,更为杰出。

降及后世,欧洲研究民俗风物的学者,接踵而起。这一方面的著作也日愈丰富,其中不乏有价值的专籍。1890年英国民俗学协会曾经刊行哥姆爵士的《民俗学手册》,1914年班女士将原书增订出版,风行一时。班女士在此书的序文里提到,她说此书并不是供给人类学调查队员之用而执笔的,因为他们所要求的内容,并非这一本小册所能容纳。她的书是为了那些公务员、传教士、旅行家、殖民者或是生活在远方未开化、半开化的人们,或是居住在田舍乡村的人们,又或者是医生、慈善事业家,以及同蒙昧的人民接触的有学养的人。她想和这些人谈谈,所以才写这样的书。班女士的这一个写作的目的颇博得吾人的钦佩。因为民俗风物的研究，固然要依赖专家学者的研讨，至于说到搜集采录的工作，就得要人去共同负责。一切资料的来源，都在民间，所以要由全国人士供给，然后才能普遍。

我国人士对于民俗风物的研究，也并不沉寂，在战前已经有不少热心于此道的学者，分布南北，埋头于采集记录的工作，经常发表论文，并出版期刊。军兴以后，朋辈四散，居处不定，集会研讨，一时不免停滞。将来战争一旦结束，如为国家百年大计着想，则对于礼俗的整顿，当必列为建国工作之一。吾人为未雨绸缪之计，一方面宜将民俗风物研究的责任继续担当起来，不使之中辍；一方面对于政府"制礼作乐"的设施，应提出积极的意见，以供参考。欲求达到这两个目的，我们不能不仿效古代希腊包沙尼亚斯的实践态度，以及英国班女士的著述精神。等而次之，德国格林姆兄弟，英国的布朗、布兰特斯、司各德诸人，法国的贝洛尔、迭屈耳等，在民间传说的写作上，亦可以作为我们的楷模。

外人常批评中国的社会是一个谜，这话我们自己有时也不得不承认。尤其在礼俗方面，极其错综复杂。例如婚丧嫁娶的礼节，现在还是各行其是，莫知所从。世俗只知道凑热闹，不惜在结婚仪式中请铜乐队吹奏军乐，铜鼓喇叭，直吹得惊天动地。这时由不得你啼笑皆非。如何矫正诸如此类的风俗仪节的错误，都全持风物志家的努力。

本刊已经出版四卷，从这一期起改出专号，得了"中国民俗学会"的帮助，供给稿件，我们不胜感奋。这一期的阵容，虽不便说是"堂堂"，也尚可自慰。因为国内对于斯道的工作者，他们的文章，都已寄到了。除了几位远在国外,有几位还在沦陷区内,有几位的行踪不明,无从通信而外,都得了他们的热诚的扶助。

接着风物志专号出版的是中国文学专号,稿件已经付印,本期已有目录预告,请读者注意。

原载《文讯》,1944年7月16日。署名:谢六逸

我军入缅作战[1]

古人悲出塞,今人喜防边。
忽传募勇士,呈材军吏前。
中选夸乡里,失名便惘然。
岂徒慕功利,敌忾本来坚。

原载《前线日报》,1942年4月27日。署名:谢六逸

---

[1]该诗在《贵州日报》(原《革命日报》)中题作《山居杂咏:出征》。

谈小品文
——读《谈天说地集》

××先生：

承你惠赠的《谈天说地集》，我已经读过了，觉得很是愉快。

在民国廿四年前后，国内文坛流行著小品文，作风分为两派。一派是闲适派，以性灵说标榜世人，他们奉明人的作品为圭臬，下面的理论是此派文士所服膺的。

  真有性灵之言，常浮出纸上，决不与众言伍。——谭友夏《诗归序》

  夫天下之物，孤行必不可无，必不可无，虽欲废焉而不能，雷同则可以不有，可以不有，则虽欲存焉而不能。故吾谓今之诗文不传矣。其万一传者，或今闾阎妇人孺子所唱《擘破玉》《打草竿》之类，犹是无闻无识。真人所作，故多真声，不效颦于汉、魏，不学步于盛唐，任性而发，尚能通于人之喜怒哀乐嗜好情欲，是可喜也。——袁中郎《小修诗序》

另一派姑且名之曰现实派吧,他们以文艺的社会性为重,视小品文如经验队、□□□、黄蜂的刺,社会意味愈浓愈有效。他们的理论是从新现实主义来的,他们作风一反闲适派的冲淡,笔锋带□辛辣。

后来写作小品文的作家,总未能超越这两派。

也同是在民国二十四年,上海太白社出版一册《小品文和漫画》,编者陈望道先生向我征文,我就写了一篇《小品文之弊》去交卷,我提出一点小小的意见,现引用于下:

十年前新体诗盛行,各报的副刊跟各种杂志都登载新体诗,这两年小品文忽然流行,作家又多喜写小品,非文艺的刊物也注重小品,大有从前新体诗的盛况。

检讨目前的小品之后,我觉得好的文章并不多见。不过一唱百和,已经成了风气;有一种什么小品出现,就有许多人跟着跑。从前写长篇小说的,现在也来写小品……大家都来追逐"流行",小品文自然日益增多。在量的方面虽然增加,质的方面并不见进步。我们所要求的是小品文的"质",而不是小品文的"量"。不然,小品文的命运就跟从前的新体诗一样,"流行"一过,就不免没落了。

现在流行的小品文,大多数只做到一个"小"字,其实并没有"品"。这里的"品"字,并不作"下品"的品字解释,是指小品文这种文体所特有的优点而言,例如用小品文答辩解说是有品的,用小品文"谩骂出气"就不能说是有品。因

为作者已经蹂躏了小品文的优点……(《小品文与漫画》,二一七页)

从那时起不到两年,果然盛极一时[的]小品文,忽然衰落了。虽有几位真正在小品文方面有熟练技巧、造诣独到的作者,依然从事于写作,终未能挽回小品文的末运。

不意在抗战六年的今日,在众山环绕的贵阳,我得读你的《谈天说地集》。一向寂寞的园地,又见着了新鲜的花朵,这就是我愉快的原因。

你的文章是继承闲适派的清新和现实派的辛辣的。可以说兼有这两派的长处,但又同时捐弃了两派的短处。就是在你的文章里面,寻不出无聊或叫嚣。我以为"凌厉峭拔"四字是你的风格,不知道我的评语是否正确。

对于社会现实和人生真谛未能了解,便不能写出优秀的小品文。你对于此二者观察是很犀利的,例如司队的社会现象,你在《真正正麻子□》一文里写的是——

> 从设祭出殡用的铭旌,看到人性有趣的一面。"乡晚某某拜旭"与"我的朋友胡适之"其作用完全相同,无非借他人声势,装自家威风,尝见"当大事"的人家尽管穷得典房卖地,也要做一番铺张,僧道拜唱,吊客盈门,素幡飞舞,鼓钹喧天……尤要求张托李,设法几位达官显宦大人先生题个

铭旌,似以为不如此则不够面子。有的为了炫耀"□寅戚友学"既多且阔,不妨广送讣文,大开宴席,甚至从厅堂灶□扑到门外檐下,于是丧礼变做"白喜事",出殡变为迎神赛会,应该愁眉苦脸的执绋者倒像参加游行人,而吊丧者也像是赴宴客,当其酒甜耳热之余,或许会忘了所为何来?

但你在《中国人过年》则写着——

中国人生活,有生活的艺术;中国人过年更是艺术的艺术。曾经有外国朋友看到中国人过年的形形色色,叹为观止,而向我索解释。我的回答是:中国人过年,不仅是过年,而实在是敬神、祭祖、家宴、娱乐种种的综合。明白了这种道理,就不会感觉到惊异。有人斥敬神、祭祖为迷信,由迷信推论更斥之为野蛮,其实祭祖是孝道的延长,不但不野蛮,而最文明。我尝说:中国人最懂得爱,在一年中最快乐的日子,犹念念不忘祖先。爱祖先岂非是爱民族的缩影?这□值得向全世界骄傲。说到敬神,也不为罪过,宗教信仰既可自由,那中国人拜如来佛、观世音和欧美人选择耶稣上帝,无非同为觅求心灵的寄托,又有甚迷信可言?不等现在外国人来赞美,我们老早,从任何一个小机会,就知道"中国伟大"了。

有人说中国人过年似太狂欢,似太铺张,这也不然,我以为中国人性情比较质朴,平时[不]爱好娱乐。(也少有娱乐的机会)一年三百六十四天辛辛苦苦,吃不到好的,穿不到好的,玩也没有个玩的,难得有这么一天新年,怎能不穿件新衣、吃点荤腥、看看把戏、玩玩龙灯呢?……

从这两篇文字,看出你对于现社会的热爱,姑不论你从反面或正面着笔,都足以说明你对于现社会抱着热烈态度,在你的笔下没有冷酷,这是很可贵的!

集中的《三言两语》,我也喜爱,能用简劲的笔调,描绘国际实事的侧影,它的功效犹如"照明弹"。

想说的话还有,可是夜已深了,祝你努力!

原载《前线日报》,1947年1月10日。署名:谢六逸

狩　猎

[捷克]华尔兹　作

我们常到育公河之南,如库斯哥奎河、依洛哥河一带地方去打猎。

哥奎河的野兽很多,猎人往猎,常至河的上流,或至其支流附近,那地方土人名之曰荷荷尼德拉。此河流过阿拉斯加最高的玛肯勒山之麓。这里有许多白种人的猎者,有多数是从西伯利亚逃亡而来的;也有纯粹的印第安人,他们的装饰仍如往昔,挂着骨制的颈圈。

在依洛哥河、依底德拉河附近到达拉拉河一带地方是印第安人的保护区域,他们定居于此。那里的猛兽甚繁,大家不分昼夜地防守,以备万一。可是有时危险是从空中落下来的。营幕刚刚撑起,就有一种像大鹰的鸟,飞下来攫取我们的狗,狗虽未被攫去,可是也就负伤流血。有时也袭击人类,在这种危险地方,晚上大家用口袋套在头上睡觉,野营的方法也和别地方不同,晚上必须焚火,睡在火旁。帐幕的外面,用狗围着,狗在外面,又用橇环绕。火燃着时就不打紧,一旦火熄之后,就有各种的野兽鸟类来攻击。这时群犬狂吠,猎人惊醒,便拿起枪向空中或黑暗的林中开放。有一次我们每走上一英里路就遇着四五百匹山猫,可见那地方的危险。旅行者必得小心警戒。

我们冒着这样的危险到那地方去干什么呢?原来为的是猎狐。我们利用训练过的猎犬,叫它到枯树底下或者穴里去寻觅狐狸,大狐狸用枪打,小狐狸则活捉,卖到养狐场去。可是也并非随意滥捕。猎狐并非易事,我们的猎队一行共五十人,捉得的狐狸不过百只。我们也猎山猫,它的毛皮是很有用的,捉山猫和捉兔一样,须得用网。凡是地上有兔子的脚印的地方,一定有山猫,捉山猫时就在网上挂着一个兔子的头,用来引诱山猫。

在依洛哥河、库斯哥奎河一带,某一种动物,每逢四年或七年不免要全部灭亡一次,其后忽又繁殖起来。有一次,我们用二尺长的铁棒,在一小时内打死了五百只兔子。猎得的兔子,我们把它卖到养狐场里,当作狐狸的饲料,用兔肉养育小狐,不到半年工夫,到了秋天就长成一匹大狐了。不过那么大量繁殖着的兔子,到第二年就无影无踪了,甚至连猎人自己吃的也捕不着,自然没有东西可以卖给养狐场。这个时节,狐狸们只好素食了。

兔子栖息的地方,狼群也随之而至,所以也得小心提防。有一次突然来了五十头狼,我们赶忙爬上大树避难。狼如果不饥饿也就不攻击人类。其实熊较之狼更其危险,猎人在墨根吉河一带是要提防的。

原载《大战画集》,1943年第2期。署名:宏徒 译

生活在阿拉斯加

[捷克]韦尔兹　作

麋的牧场

依洛哥河、达拉河之间最多的动物是麋鹿。那些地方到处都是牧场,养驯熟的麋住在小房里,从森林中割枯草喂它,或者放牧于外。牝麋易驯,驯后放牧,便不致迷失逃亡。牧场主人先捉一头牝麋,用来作媒,引诱别的麋而加以捕捉。场主在牝麋的颈上缚一项圈,其上缀着几个小铃,铃声叮当,在林中或牧场上走着,牝麋就挨近来,和它做伴,到了黄昏,它回到牧舍,它的那些男伴也跟着回来。这时场主把准备好的牧舍的门开着,他却藏在屋顶,等那些野麋走进,他就把门自上落下,于是就猎获了它们。使牡麋驯熟并非难事,结果让它们和牝麋交配,生殖繁盛,等到生出五头十头小麋,每天放它们到草地吃草,它们就不会逃亡,反而有时会把野麋引诱回来。因此之故,起初是一家小牧场,后来逐渐变成大牧场了。场主也杀了野生的麋作为食粮。有时从山里来的野麋,走到牧场外面,不即刻走进,它远远地瞧着同来的驯麋走近食槽吃食,在这时候,便一枪打去,它便负伤逃进牧舍,场主用二□拉着的橇车把它运走,地上不能留下一滴血,不然,以后野麋就不会再光临了。

一只麋普通重三百至四百磅,我曾见过八百磅重的。场主挤了牝麋乳制成乳酪,乳酪虽有一种臭味,却富于滋养,因为麋的食物是佳良的草和苔藓。我曾经把麋乳放进咖啡饮下,可惜胃里不能容纳,别人也不"欢迎"。

除了麋以外,又用同样的方法捕捉野生的驯鹿。这是生息于依洛哥河流域的加拿大鹿。驯鹿性喜群栖,猎人活捉送至牧场。驯熟以后,用来拖橇车。驯鹿拉车较之麋为容易,乳汁也佳,它与麋同样有用,且为一种情爱极深的动物。击杀驯鹿是一件易事,只消在森林中的草地上造一座小舍,四面开门,当天气恶劣时,驯鹿就走进其中避难。猎人见天气变化,就到小舍去等候,不难击毙若干。驯鹿的毛皮,爱斯基摩人用来做裤子、上衣和帽子。

渡过冰河

我曾自南太平洋海岸进入阿拉斯加,上陆的地方是高耸的岩壁。我们从司昔德拉河口附近沿河而进,越过险峻的山地。同行者为猪人和引路的两个印第安人。我们的目的是要到达拉拉河的养狐场去做买卖,那时这些地方正在测量中,听说要开辟成大道,可是还未动手,以致从此地北上的人都感觉不安。在极危险的冰河上并不见一座桥梁,冰河上有许多人遭难。在夏季,经过其地的旅行人要得平安是颇不容易的。我们也是在夏天走过那里。如在冬天，冰河为雪所蔽，穿上雪靴，就易于走过。在夏天，冰河的表面是溜滑的，且有巨大的裂缝，不幸失足，就要坠入无底的冰穴里去。某一年，有七个旅行者落进同一个裂口里去了。

走上冰河的河床，为了防止靴子的溜滑，在脚上缚着一种特制的木片，可是仍然滑跌了二百次，好容易爬到顶上，已是汗流浃背、疲乏不堪了。在那里解下木片，休息一会，又得朝着对面的裂口走去。那裂口看去宽有二尺或一码光景，心想不难一跃而过。等走到仔细一瞧，其阔足有二码，使我吃了一惊。在平地上我们可用一只脚跳一二码，可是在溜滑的冰上，谁也不能担保不滑跌，然而脚下是一个张开大嘴的裂缝，那底下已经横着好几个死尸了。这时我们有点惆然，脚也踌躇起来，即使如何小心，也不能越过，大家商量之后，只好退回。我们朝着冰河下面的森林走去，为的是要砍伐一根木棒，用来架桥。费尽了气力，经过了困难的险道，好容易才把一根木棒搬来，放倒在冰河的裂口上面，我们用两手两脚爬着过去。渡过去之后才松了一口气，我们这时俯卧在裂口旁边注目向下一瞧，不觉毛发都竖立起来。原来这个裂口的深约有五十码，底下还躺着几个死尸呢！有一个是长着络腮胡子的，他的身子挂在冰壁上，他的脚旁又仰卧着一个，眼睛还开着，这人的头旁又另外是一个尸体，此外是两匹死马。

我们惊恐地离开那里，向下走了十五英里，到了一处三叉路口。一路通依底德拉河，一路是到库斯哥奎河的分路。到库斯哥奎河的一条路，途中是荒凉的苔原，那里有几个长满地苔的小丘。此处距玛肯勒山约十□英里，我们向着底尔达河而行，走进了森林。

猎人的天堂

我们走到一处，那里名叫"印第安人死难之路"，据说有许多印第安人死难于此，所以得名。几年以前，有一队印第安人走过那里，其时正是冬天，经过沼泽，水里的冰太薄，冰破人溺，因此殉难。虽值严冬，水面结冰不厚，也许沼底有温泉。那些印第安人是从库斯哥奎河、依底德拉河来的，他们为了把兽肉卖给费班克斯的淘金人，不幸就死在沼泽里了。

达拉河的支流康特西拉河来自这附近，弯弯曲曲地流过森林中。我曾到过这里几次，以前是取道西路，这一回是取道南路，这还是初入。因为地势不熟，须避免危险，故采取走过底尔达河的道路。这一带的森林甚密，枝柯交接，不见天日。狐狸洞多，平均约五棵树就有一个狐穴，有的狐穴里面住着小狐狸，蚊虫也多，也许多于树叶、在空中飞的，停在草上、树枝上的，无不是蚊。我们的头——虽蒙上两层面罩，蚊虫仍然前来侵扰，夜间无法安眠，烧起树叶，也无效用。

底尔达河与达拉河一带产野兽很多，养狐场为数亦伙。在费班克斯约行二十五英里就遇见五所养狐场。养狐场里产出的小狐，多数是卖给动物园的。

从费班克斯到瓦尔迭斯，为一百英里，通马车、汽车，美国人士多旅行。瓦尔迭斯与费班克斯、康特西拉河、库斯哥奎河、司片德拉河之间，那一带地方，不啻是猎人的天堂。阿拉斯加特产的银狐，多数是在康昔德拉河附近捕获的，那里也产黑狐、青狐、狼、树熊。至于麋、驯鹿，可以捉获数千。

发掘

我在旅行中，原以贸易、狩猎为目的，不过一路所见所闻都足以引起我的注意。有时发现史前时代的遗物，使我感着莫大的兴趣。起初在乌拉梯米尔岛与圣罗斯岛一带看见古代爱斯基摩人的遗物或者古代巨兽（猛马）的骨骼，我的好奇心也能满足。后来旅行到阿拉斯加。我对于这些事物，就更甚注意了。我在新西伯利亚见过数百年前葬埋的爱斯基摩人的木乃伊，我走下墓穴去仔细检视。那里又常发现几百年前爱斯基摩人的家族所住的古洞，其中有各种遗物。在北加拿也有类似的洞窟，洞的入口极狭，洞里有短刀、铦、烹调器具，全是猛马的骨头做的。我□停留三日，考察那曾□遗物。

从 1902 年起，三年之间，我在柯育克克河畔淘金，野宿时为了寻觅枯枝，我发现一个大的隐穴。其中有从前印第安人使用的一挂网罟。网是用鱼肠做的，罟的制作也极精良，并未毁坏。在育公河与达拉拉河之间，靠近福德吉朋的地方，有猎人在那里经营养狐场，并饲养臭猫、海狸，夏天则到河边去打鱼。有一处名叫热泉，是淘金人集中的地方。淘金时掘出一种动物的头盖骨，长约二尺，与熊相似，有三排锋锐的牙齿。后来掘出全副骨骼，用铁丝连系起来，是一具胸部极高而尾部低下的动物，其状似熊。在依洛哥河畔，我们的伙伴也□□□掘，掘□时常发现空洞，其中也有巨大的猛马的骨骼。

在阿拉斯加,大约还有许多的古代遗物,埋藏在地下,等待考古学家的发掘呢。

原载《联合画报》,1943年第42期;1943年第43期。署名:宏徒　作

我们要写什么？
（文艺讲座）

——当一个人提起笔来要写的时候，往往要感到写些"什么"才有意义？

这，的确是一个重要的问题——

现在是一个伟大的时代，每一个人都生活在动荡的激流之中，这是黑暗和光明、新和旧交替的时候，无疑地，一切都需要彻底的改革和变换。那么，在将实行行动改革的前面更需要看一种"思想的革命"，来扫除人们腐败和错误的观念。这一点，是非常重要的。

历史告诉我们，鲁骚的《民约论》是法兰西大革命的前奏曲，革命所以能够顺利的进展，这《民约论》有着不可磨灭的功绩的。

我国辛亥革命的屡遭挫折，也因为"行动革命"之前没有"思想革命"的原故。（当时群众大部分都未参加，革命工作人员只限于上层。）孙中山逝世后革命同志仍能继续遗志，北伐能顺利的成功，这庞大的原动力都导源于五四运动群众的思想的进步和改革所致。

我们既然知道思想革命的重要,那么,写作当然也是一件不可忽视的事。同时,每一个从事于写作的责任都是非常重要的。

为了时代的变迁和环境的不同,写作者绝不可墨守成法,那么,到底要写些什么呢?

"才子佳人"型的作品,固然是不需要,然而不着边际空谈说教式的文章也用不到。至于无病呻吟那种消极的身边文学更不能存留于现在这时代中。

我们知道每一个人都不能脱离现实而单独存在,那么,我们如果不是一个盲子或聋子的话,多少总会看见或听到一些现实的反映吧?

凭这一点,也足够我们来作为作品的资料了。

不过,一个从事于忠实的写作者,更应该打入下层民众的群中,去深深地体验他们的生活,充实自己写作的材料,因为文学是社会的产物,而不是社会的点缀品。

暴露现实,向旧礼教宣战,同时,把人们未来应走的道路指示给读者,让他们看了以后深深地惊惕而感到自己责任的重大,那么,写作者才算尽了他的最大使命。

最后,在谈写什么的时候,我们忘不了恩格勒对于"写作"的几句话:"只要真正地叙述出现实的相互关系,毁坏了罩在那上面作伪幻影,使享乐者的世界乐观主义动摇……"这几句话,对于"写什么?"这个问题已透彻地回答了我们。

至于写作的技巧和作者如何理解现实的态度及作品的圆熟与否,当然也是非常重要的。

原载《青声》,1944年第2期。署名:路易

上海第一座公园

这两天喧腾人口,要把跑马场改建公园的要求,正是代表上海人苦闷的象征。偌大一个国际都市,居民有上三百多万,住的像鸽笼,四围乌烟瘴气,要呼吸一口新鲜空气,颇非易易。住在中心市区的,尤其感到纷纷扰扰,一天到晚昏昏沉沉,不仅健康受到影响,其实智慧上也将遭受损伤。要求把跑马场改建公园,确是市民的心声,要是这一举成为事实,可为市政建设革新上划时期的贡献,得益非浅。

就目前说,现有的各公园中,还以"黄浦公园"为接近市区,交通方便,光顾的人也较多,并且是大都利用公余休暇的人。其他如中山、中正等各公园,地处偏僻,交通麻烦,常是一般有闲阶级以及小孩子的去处,职务忙的人只能去偶一为之地"玩"一下而已,对于"公园"的责任可称未能全美。黄浦公园既成为都市性公园,每一个上海市民常多机会和它接触,对于它的来历,想为大众所乐于探悉吧!

远在清同治年间,沿黄浦一带,有一艘破了的船舶,沉在滩边,淤泥逐渐地往上堆积,日子久了,这一带形成了浅滩。到了同治四年,旧租界工部局，从北京路到外白渡桥一带的浅滩，用洋泾浜中挖起的泥沙，把来填实，面积有三十亩四分七厘三毫。通过英领事"文监斯"的同意，这带沙滩，就建成了公园。一直到同治七年六月二十日，兴工完成，正式开放，成了上海第一座正式公园。不过在那时，唯有外人可以去逛，到了民国十七年起，中国人民才得出入游息。算一算从同治四年开始建筑，黄浦公园已有了八十年的历史。

原载《海晶》，1944年第31期。署名：六逸

遗墨(二)

读鲁迅文《杂记》刊载已久,恐读此生厌,故拟暂停前刊。大作《道义的制裁》一文,颇引起反响,此种文章最适宜刊载,故请多写寄赐。谅不见拒。存稿若须寄还,示知当照办,也请示覆,此请。

据安

谢六逸上
十二月十日

原载《文艺春秋(上海1944)》,1946年第2卷第2期。署名:谢六逸

闻涛声不寐

夜静山窗月影高,愁闻涧水去滔滔。
随风撼石声何急,得雨翻澜势转豪。
狂吼时惊客子梦,奔腾远应雁哀号。
眼前谁是中流柱,独立□干挽怒涛。

原载《民铎日报》,1946年6月1日。署名:谢六逸

小说创作论

绪 论

我向来不承认"小说"有一定的"作法"的。物理学、化学、几何、代数有一定的法则与公式,但在描写人生诸相的小说,断乎没有一定的法则与形式。有许多创作家从来没有看过一本研究"小说原理"的书本,但是他们会提笔做小说。有的虽然作了几大本的"小说作法"之类的书,却一生也没有作过一篇小说。说得不客气一点,什么"小说原理""小说法程"的书本,都是讲的空话。例如讨论什么是"短篇小说"一项里面,有的人以为能在一二小时内看完的就是短篇小说;有的人以为描写人生断片的就是短篇小说。所谓能在"一二小时内看完""描写人生断片"等类的话,试问有什么客观的标准,还不是在那里说空话吗?

在我个人看来,列举在下面的这一批研究"小说"的书籍,可以说对于创作小说没有多大的帮助。如像哈米尔顿的《小说法程》(Clayton Hamilton：*A Manual of the Art of Fiction*）、柏利的《小说研究》（Bliss perry：*A Study of Prose Fiction*）、培成的《小说作法》（Sir W Besant：*The Art of Fiction*）、克劳孚的《小说论》（*The Novel*）、乾姆司的《小说作法》（Henry James：*The Art of Fiction*）、汤蒙生的《小说原理》（D G，Thompson：*Paiosophy of Fiction*）等（以及其他的同类性质的书籍），虽然把"小说"来作"科学的研究"，充其量不过叫人得到一个"小说"的概念，明了"小说"在文艺中的地位而已。这些书，只能说对于"研究文艺"的人有用，对于"创作小说"的人没有什么用处。

能否创作小说，作品是否成功，全赖于作者的人格、思想、修养（包括文字、读书、经验）等条件。这些条件不充分，纵然把"小说之科学的研究"的书籍读破，也不中用。现在各大学里的文科，都有小说原理、小说研究等科目。每星期上课两小时，一学年教完，其结果，学习的人所获得的知识，不过是"什么是短篇、中篇、长篇"等类的空洞的议论而已。如果想要"创作"的人，目的只在摄取这点空泛的议论，那也并无什么不可。但我想总不能于读者的内容，由我以为要使文科的"小说原理"的课程完成其使命，最好见得是同样的。有的作家，在自己的作品的经验与感想，使学生直接听他们的"实验"的作家，从自己的实际经验，说出功利要踏实一点。一方面学者再注意自己的修借自己的作品，想要讲说点什么事情。这二种作家的全集，庶几对于自己的创作有点艺作品的"主题"（Theme or Thema）。

在"小说创作论"的题目之下，我（原名《恩仇之彼方》）这篇小说写一个"寻觅实验谈"，以供从事创作者的参证。在欧洲方面，作家发表自己对于小说的见解的,有莫泊三的《比尔与琼》(即是他的小说论)一作的序文,弗劳贝的"单语说"(Single-words-Theory),左拉的《实验小说论》,托尔斯泰的《艺术论》等,这是大家所知道或已看过的。现在我将介绍几位日本著名作家对于小说创作的理论,例如菊池宽(《火华》《真珠夫人》的作者)的《主题小说论》,小岛政二郎(《绿的骑士》的作者)的《短篇小说论》,久米正雄(《破船》的作者)的《短篇小说论》,直目三十五(《南国太平记》的作者)的《大众小说论》,片冈铁兵(《绫里村快笔录》的作者)的《新兴小说创作论》,佐藤春夫(《田园的忧郁》《都会的忧郁》的作者)的《长篇小说论》。这样的介绍,就无异于请了许多作家,在纸上和读者谈话,直接听他们讲小说创作的理论,较之"什么是短篇、中篇、长篇"一类的理论,对于青年更为有益。

一、主题小说①

(一)主题的意义

"主题"一语,译自英语或法语的 Theme,德语的 Thema。一篇作品的骨干的观念,一篇作品对于读者所要说的中心思想,普通称为"主题"。

作家在自然、人生之中,寻着自己所喜欢的题材,将它写成小说。可是,并非将那些题材,漫然地写作出来。作家必须借那些描写出来的事件、情节、结构、人物,说出自己的旨意,诉于读者。他所告诉于

---

①原文仅有标题一。

读者的内容,由于作家个性的差异、思想的不同、题材的种类,其深浅未见得是同样的。有的作家,在自己的作品里,从自己的人生观,说出渊深的哲学。有的作家,从自己的实际经验,说出功利的观念与主张。不管是哪一种,作家总是借自己的作品,想要讲说点什么事情。这样的"要说些什么"(What to say),就是文艺作品的"主题"(Theme or Thema)。

例如,菊池宽氏的一篇名作《恩仇之外》(原名《恩仇之彼方》)。这篇小说写一个寻觅父仇的人,偶然来到九州的耶马溪,他遇着了一个僧人,那僧人因为要济度众人,他单身用锄挖掘石岩,凿穿成为一个山洞,使来往的人畜不必翻山越岭,冒险丧生。他仔细询问僧人的身世,审视僧人的容貌。他知道这僧人就是在十年前杀父亲,和父妾潜逃的仇人。他想立即替父报仇,可是村人们来代僧人求情。因为这僧人挖掘这岩洞已有九年的月日了,他们说让他把这件功业完成之后,再报仇不迟。他答应了,他等待着,并且他希望僧人的功业早日完成,以便杀他,所以他也帮助他挖掘山洞。在这时候,他看见僧人振起猛勇的精神,狂人似的打碎石岩,他对于僧人的意志不觉佩服起来了。等到山洞凿成的那日,他的替父报仇的念头也同时消蚀了。

这篇小说的题材,是作者从耶马溪山洞的传说取来的。作者在文艺作品里把它描写出来,将它实在化。原作者的目的,并不在把这个故事说给大家听。他在这篇作品里,是想说出人力的伟大,能够以精诚的意念,双手的微力,凿穿大自然力的磐石。换言之,人类的羸弱的双腕,对于大自然,本是无力的;用这样的双腕成就这种伟业,眼看着这种情景,则恩仇的情感,结局如破晓的星光一样的微弱,没有什么价值了。作者的"主题",就在于这点。

(二)取材

作品的取材是不受任何限制或妨碍的。作者就自己所想到的,以怎样的方法,守怎样的材料,这是作家的自由及特权。但是,作家的材料,从什么地方取来呢？应该是从"人生"取材。

在"人生"之中,有无数的材料,像路旁的瓦砾一样陈列着。要采用哪一种材料,乃是作家的自由,可是决不如拾取瓦砾那样的容易。对于材料的认识,在作家是重大的问题。怎样才可以认识材料,除了凭借我们的经验之外,是没有别的方法的。在作小说的人,经验实是一把宝库的键。经验越广,则取材的范围越大；经验越深,则取材的范围也深了。经验丰富,对于取材的功用很大,这是不用说的。不过单以有限制的自己的经验为根据去取材,无论什么作家,题材也有枯竭的时候。所以应该以自己的经验做基础,借"想像"之力,去描写类似的材料。像这样的取材,在描写时,虽然可以够用到某种程度,不过结局仍不免穷迫的。人生的诸相,也不是只靠自己一个人就可以知道的。自己完全不知道的世界与生活,还有许多存在。例如看别人的小说、看剧、阅诗歌、阅随笔。在各样形式里面,都记录着各种人生的姿态。或是看历史,也可以知道其中有两千年来的人类生活的各种记录。这样看来,除开自己的经验以外的"经验记录"是无限地存在着,作家可以自由地取用。但是,把别人的经验原封不动地取来,是不能成为小说的。必须将它透过自己的生活,还原为自己的经验,然后描写出来。这种经验的意味,并非指外部的经验,大多是指内部的经验。比方说,我们从项羽的经验取材,我们却不能经验项羽的经验。只有把项羽的经验还原成为我们的内部经验,于此就发生了"主题"。

(三)主题的认识

可以做文学作品材料的事件与形相,在人生里无数地存在着,已如前述。说得极端一点,也许人间生活的一切,都可以作为文艺作品的材料。恋爱事件自然可以作为艺术创作的对象,并无特异性的,平凡人的日常茶饭事,也可以作为艺术创作的对象。

但是,在一个作家,未见得把一切事件都作为创作材料的。作家自有其个性,随从着个性,作家形成各人自己的艺术的倾向。所以,在这一个作家,可以作为优良材料的事件,在另一作家,此种材料有何等的价值,是难于言说的。例如,芥川龙之介的《鼻子》的小说材料,在和芥川的倾向不同的久米正雄,能够引起何等的艺术的感兴,是不可知的。因此之故,作家应该知道自家的艺术的倾向,在人生的无数材料之中,采撷适合的材料。

文艺作品之中,除了艺术的价值以外,尚须认识生活的价值、道德的价值、思想的价值之重要。从这一点,我们去选择适合于自己倾向的材料。不过选择所得的材料,不尽是能使我们的艺术的欲求能够满足的。所选得的材料,不过是"素材",就那样还不能成为艺术作品。例如,菊池宽氏的一篇《岩见重太郎》,那材料是连"讲谈本"(注:一种极通俗的读物,材料多为武士、侠客、剑客之类)上也有的故事。但是"讲谈本"里的故事,和菊池宽氏的《岩见重太郎》里所表现的故事决不相同。菊池宽氏在这篇作品里,只选择了岩见重太郎为主人报仇的一段材料。仅这一点材料,决不能把这篇作品所要表示的意味表现出来。他仅选择这点材料,把当时重太郎的英雄主义是如何的有害无益,如何的愚拙等意味,寄托在那材料上,作为作品的中心思想。对于这种材料,作者菊池宽氏自有菊池式的解释,把它作成艺术作品表现出来。

相同的材料,如果在别的作家,又将下别的解释。各个作家,有各自的生活,有各自的思想,对于一种事件所下的解释,是不能雷同的。作者菊池氏有他自己的人生观、哲学,对于这种场合的岩见重太郎,下了这样的解释。这种解释是最适合于作者的艺术倾向的。

(四)主题的独创性

主题小说,如不认识主题,则不能成立。

"主题"有时是早就存在于材料里的,但多数是由于作家对于材料的解释然后才发生的。

萧伯讷的《该撒与克勒俄巴德娜》一作,是从此二人的历史事实取材的,但是《该撒与克勒俄巴德娜》一作的主题,未见得就存在于该撒与克勒俄巴德娜的史实之中。还有萧的《圣约翰》一作也是如此。此作的材料,是根据贞德的历史的事件,但在作品《圣约翰》里所表示的主题,和史实所表示的意义决不相同。这些作品里所表现的主题,是从萧伯讷自己的角度所看出来的该撒、克勒俄巴德娜与贞德。换言之,就是萧伯讷所解释的该撒、克勒俄巴德娜与贞德。

所以"主题"在某一种材料里并不是特定的。一种材料,由十个作家来下观察,至少可以得着十个"主题"。还有,对于一种材料,一个作家从各种不同的角度观察,下解释的时候,将有几种不同的"主题"发生,是难说的。

作家对于材料的解释,成为重大的问题。为什么呢？因为,某个作家,对于某一种材料的解释,下了极漂亮的解释,发现了可观的主题。别的作家对于相同的材料,不过下了极通俗的、不出常识以上的解释,因为如此,作家的素质就可以分辨了。

作家对于材料的解释,是表示作家的"人生观"的程度的。作品中的"主题",无非是表示作家所具有的哲学。低调的"主题"的内容,就是作家的低调的哲学的指示。不出常识范围的"主题",不过表示"常识的作家"的质地而已。关于这个问题,就和"文艺与人格的问题"有直接的关系。一个作家的"人间的价值",和他的作品的价值是成为正比例的。

所谓"创作"这一回事,实在是整个人格的功业。作家的人格如何,是最初的问题,乃是当然的。所以要修养成一个"作家",结局是要修养成为一个"人"。

前面已经说过,"主题"是作家对于材料的解释之答案。且是透过自己的心与眼而作成的答案。它不是别人的,是自己的世界观、人生观、道德观的纯粹的披沥。所以"主题"不是借来用的,无论在什么地方,都自有其"独创性"。

无论"表现"如何巧妙,"结构"如何有味,但是"主题"在以前已为他人用旧了,则那作品的价值就等于零。我们特意冥想出来的主题,自信已经认识了它,将它描写出来,不料那"主题"在二十年前已经被史屈林堡描写过了,这是多么悲惨的事。读了托尔斯泰的小说,受了他的刺激,老老实实地把那"主题"拿来再写一遍,这是多么滑稽的事呢。

要想写小说,至少要把东西作家所描写过的"主题",拿来看过一遍。

对于人间生活里的各种事件,二千年来,许多人已经下了各种各样的解释了。前人已经走过的路,再坦然地走过,在做一个"作家"的人,应该知道这是耻辱才好。

在这个意味上,要想做一个"作家",第一先要修养做成一个"人"(这是认识"主题"的原动力),同时,还得修养文学方面的知识(这是使人"认识独创的主题"的眼光明了的学问)。

当创作的时候,我们应该离开没有"生活的价值"的材料、落伍的思想、陈腐的题目、无意义的事件。我们要细心地去努力发掘独创的主题,清新的主题,对于人生有"寄与力"的主题。

原载《文艺创作讲座》(第一卷),上海:光华书局,1931年。署名:谢六逸

浪漫主义作家研究

一、浪漫主义的意义

浪漫主义的意义很复杂,第一是中古主义的意思,这是广义的解释,因为这种倾向是对希腊罗马的古文艺的反动。希腊罗马的文艺(即古典主义)使个人屈服于标准及法则,忠实于型范,主均齐、单纯、限制、规律;以智巧制作的艺术为可贵,因此只知有智巧,黜弃感情,形式上虽能工整,内容却受戕贼。又因要不失法则与标准,遂从事模仿,乃无创造与个性的表现,更乏活泼生气了。其时不特艺术是如此,生活方面,也受了不少的束缚,物穷必反,遂有浪漫派的勃兴,一扫古典派的格律倾向本能,注重个人。法国批评家普鲁奈梯尔在《法国文学小史》里说:"破坏古典主义主要效果之一,便是解放个人,使个人反于本来面目及自由,正如古代诡辩学派之言以个人做万物的尺度。"这点便是中古时代精神的唯一特色。第二是通俗的文学,古典派要高雅人格、引经据典,浪漫派则卑野狂妄,故哥德以古典派为健全,浪漫派为疾病。第三是新式的美,这所谓新,是古典派陈套的对照,他们突破了古典的因袭与法格,嗜好新奇,希望自由创始,喜做破天荒的事业,成一种刷新的现象。法国文学家司但达尔说浪漫主义主改进、自由、创意,是未来的精神;古典派主保守,据典模仿,是过去的精神。因为放纵的结果,多偏于神幻的美,弃了古典的规律的美,加上新奇,就这点说,古典派尚近平易,浪漫派则主奇异神秘为不经见之美。第四是有主观的倾向,古典派的作品带有冷淡沉静的色彩,乐天安命;浪漫派则狂热激昂,憬憧不安。古典作品截然明了,浪漫作品为暗示缥渺。

二、浪漫主义的起源与派别

纯文艺上的浪漫运动,起因于英国,盛行于法国。英国在中古时代经历政治革命,有比较自由的制度,其后久苦专制政治的法兰西,渴望社会上、政治上的自由,又受了英国自由思想的鼓吹,憬慕新奇的著作物,遂渐带浪漫的色彩,与英国前后辉映。起初并非纯文艺的运动,富于政治社会的气味,是一种实生活上(人生观上)的运动,文艺的浪漫运动的出现,较迟于英国。德国的浪漫运动次于英国,一面摄取英国的纯文艺的浪漫主义,一面又摄取法国的政治、社会、教育的革命思想——即人生观上的浪漫主义。我们由史潮的意义看来,这浪漫主义的反抗的精神与革新的运动,可以分为两类:一是纯文艺的,一是人生观的。换言之,前者在当时比较是闲问题,态度是安闲的,后者乃是临眉的问题,态度严格而激动。前者名不自觉的浪漫主义;后者名自觉反抗的浪漫主义。

最初起于英国的便是不自觉的(纯文艺的)浪漫主义。英国的这运动,起首不过几位艺术娱乐派的人,见了当时文坛的单调、文学的专制、古典派的陈腐而崛起反拨,结果乃成为文学界的大革新运动。这自觉的浪漫主义的共同色彩是好奇。同一好奇,又分(甲)憬慕新美的,及(乙)喜悦珍异的风景风俗事迹二种。因为这点区别,其后浪漫主义的发展遂不一致,由此可见浪漫主义之复杂了。

因为十七八世纪的风俗趣味过于单调,人们都仰慕能使心襟爽快的事物,然又不能达到目的,乃生苦闷,只要有非日常普遍的见闻,不免趋之若鹜,此时决无政治的意味,仅如我们认定旧文学的失时,而代之以新文学的一般,这便是不自觉的浪漫主义的起源。前述的甲项,详细地考察,其中又分三派:1.自然的;2.异常的;3.超自然的。喜欢自然的爱好风景的作家,把这些吸收在小说或诗里,一变古典的沉静的整齐的雕凿,做得如写生画的模样。譬如《四季吟》的作者汤蒙生(1700—1748),可以说是这派的先驱;古德斯密的《瓦克非牧师传》,行文优美,逼近天真,为后来自然主义的嚆矢,这是第一派。第二是异常的,他们不以平凡为满足,用异于寻常的、怪诞不经的题材,感动读者,这类作品的内容为不足信,恐怖淫靡的事实。又因为漠视现在的人生,遂生第三派的超自然,描写妖怪、神秘,如瓦尔波儿的《俄特南妥堡》,可算这两派的代表。总括起来,总不外"惊异的复活"。其次是喜悦珍异风景、风俗、事迹的一派,他们喜悦远国的珍异,或古时代的珍异,有的尽力罗掘南北欧或东方的奇迹,他们的态度是万国如一观;有的景仰贵族骑士,态度是崇拜中世。例如英国司各德的小说、拜伦的《吉尔特哈恪德游记》、法国却妥卜尼南的《北美游记》,虽然是描写见闻,仍多虚幻的色彩。

自觉反抗的浪漫主义,也有数种的区别:一是立脚于感情上,努力发挥反抗的精神的;二是专由智见上鼓吹这精神的。换言之,即感情本位和智见本位二种。感情本位中,又分消极的与积极的二种:积极派有激进的性质,想把现社会的各种恶风扫荡,指摘当时各种制度的缺陷,督促革新,颇带实际家的倾向;消极派则反是,为退让的,女性的,对于恶浊的社会,只有退让,避身于世外的桃源,憎恶现实生活,爱好自然,耽于空漠的理想,其时洛弗尼斯(1772—1801)的寓言《青花》,英国诗人(1795—1821)[1]等的作品,都是这类思想的结晶。至于智见本位的作品,则系反对古典的形式,喜用破格、废语、造语、方言等,他们的文体,朦胧晦涩、野蔓芜杂。构思题材,常取空渺的理想,赞叹未曾见过的风俗,及烦恼情欲(以恋爱为最甚)。就中有一派主张艺术绝对自由,(艺术至尊)崇拜天才,以为空想是绝对的自由,这特权为天才所独享,侮蔑一切科学、经验、历史法律等,因此引后来自然主义中的个人主义,当时迪克的《洛维尔》,司勒格儿的《鲁星德》等作都是这种精神的表现。

---

[1] 应为英国诗人约翰·济慈。

三、浪漫主义的传布

浪漫主义的运动的影响很大，文艺复兴时代是解放人类，这运动却是解放个人。日本坪内逍遥道："浪漫运动是反抗社会压迫之个人的自觉，在文艺上、理论上、私德上发挥出来，其影响很广，直接或间接地涉及政治、社会、宗教、道德各方面，是炽燃于欧洲18世纪末到19世纪前半的革新运动。"这革新运动，是由于当时人们的思想感情的变动而起的。思想感情的发泄，在文艺上表现是最恰当的，所以在文艺上的运动，比较理论上、社会上更为明显。

在19世纪初叶，这运动就是一种流行病，初起于英，盛传于法，继染于德。它的发达的途径，据布兰兑斯的《十九世纪文学之主潮》里面所述，可以分为几组：第一是，始于卢骚所鼓吹的法国文学的反动。第二是，德国的半加特力教的反动之扩大。第三是，由麦斯特尼和严格正教徒时代的拉门纳司等，以及正统派僧侣头目的拉玛丁及许俄等的反动。第四是，英国的拜伦及其他诗人，就中尤以拜伦为最厉害。其时为自由解放起了格尼细亚战争，狂飙吹遍欧洲，拜伦党于格尼细亚为英雄之死，遂使大陆的人深深地留着印象。第五是，在法兰西六月革命的前几年，法国作家的几个巨擘，起了反抗的变动，他们造成法国的浪漫派，如拉门纳司、拉玛丁、许俄、缪塞、撒特等人的新自由运动便是。这运动由法兰西渡德意志，在德的自由思想也获胜利了。第六是青年德意志派诸作家。这派为自由解放的格尼细亚战争及六月革命所激荡，和法兰西的诸作家一样的将拜伦的伟大的亡灵看做自由运动的指导者。当时有海勒、波尼、古兹哥、路格、傅尔巴哈等人，他们和同时代的法国作家准备了1848年的大动作。1848年，就是法兰西起二月革命的那年。

四、法国的浪漫主义作家

普鲁奈梯尔著《法国文学小史》称卢骚是浪漫主义之父，故讲到法国的浪漫主义运动，应先从卢骚说起。

卢骚以1712年生于瑞士的遮尼地方，生即亡母，父造时计为业，卢氏因不愿继父业，逃至意大利，因瓦伦斯夫人的庇护，得免饥渴。他起初作文，论人类不平等的起源，其后陆续发表《忏悔录》《爱弥儿》《新的希洛斯》诸作。《忏悔录》共十二卷，是他的自叙传，自幼时起，直说到耄年，书中的料材极丰富，他一生的行为，无论善恶耻辱，都无遗漏地描写出来。在这部杰作里面，他舍弃后世所谓的天才之尊严，为必然的要求所驱使，将充满着缺点的一个纤弱的人的烦闷，赤裸裸地表现在他人的面前。他虽然这样地曝露其弱点，但于他的天才的尊严，是全无损伤的。他描写自己窃盗、恶作剧、愤怒、与女性乱交、卖恩、斗口、骄傲、攻击等。因此我们可以观察到卢骚是最善良的人，倘若不是这样，他决不把自己的罪恶，向世人忏悔的。一般恶人尽把自己的罪恶带入墓里，或者掩饰过去。比较起来，卢骚的个性之强韧，实足令后人景仰不已。他于描写的艺术一点，在此书的开始曾说"我非不似我曾见过人，但我敢相信我不似生存着的任何人"。因此后人又称他是一个"非社会及反社会的我者"。实际上他所非的社会，所反的社会，只是当时的万恶的社会。他在《瞑想录》的第一章说，"我一人以外无兄弟、无邻人、无朋友、无社会，地上只有我一人孤零零的。我被由世间社交的最可爱的人间所排斥了。"他只是憎恶现社会，所以才有《忏悔录》的著作。然而他是爱人的，是极爱人的，不然，他如何做得出《民约论》的大文和《爱弥儿》的小说呢？

《爱弥儿》已为人所熟知的了，这是一本教育小说。描写爱弥儿自幼至长所受的教育，都以自然为法，生时不加襁褓，五岁出外读书，与自然接近，嬉戏大气日光中，一切诈虞虚伪的事物，不使他见闻；十二岁时稍涉事故，略习工作，便授《鲁滨孙飘流记》，俾知自立；十五岁教以仁爱诸德，读哲人诸作；十八岁使悟信仰，兼以美育，期成一个完人。书中所述，都是出于理想，非出于经验，现在的教育学说，能日愈改善的原故，这小说实有极大的功绩。

《新的希洛斯》仿效英人尼佳特孙的作风，系用书翰体作成的。书中的主人是圣布尼欧和杰尼二人。杰尼与圣布尼欧有了恋爱，父亲将他许于俄尔玛受尽酸辛。圣布尼欧因失望远去，返后仍得遇杰尼。此书是描写人间的本性，发于自然，又写出社会理想的冲突，是一部理想的家庭小说。

继卢骚而起的，为圣皮尔（Saint-Pierre, 1773—1814）以研究"自然"享盛名，杰作《保罗与维吉尼》，描写爱情，美丽悲壮，此作里所取的异国情调，极为富丽。

此后的大作家便是却妥卜尼南（夏多布里昂）（1768—1848），他的《阿达拿》《尼勒》二书，布兰兑斯批评是移民文学初期有数的作品,前者叙述一荒地中野人的恋爱;后者则描写自己的胸怀,极哀怒怆楚,写尼勒至美洲求幸福,历遍困难,终竟死于内乱。却氏作风,不外基督教、自然美、个人三者,受卢骚的影响很大。

在却妥卜尼南的这时代,文艺史家划分一期,曰移民文学。据布兰兑斯所述:因18世纪法国革命的骚扰,接着有拿破仑的暴政,法国的文学家有退避田舍的,有逃遁到外国去的。他们的精神,终于要求自由与反抗。移到美洲的有却妥卜尼南,移住瑞士的有塞拉古尔(Senancour,1770—1846),赴德国的有司台尔夫人(Stael,1766 – 1817),这些都是领袖人物,也是卢骚的继续者。塞拉古尔有说部名《俄布曼》,追随却妥卜尼南的《尼勒》、哥德的《维特》的脉络,为表现患了"世纪病"的厌世思潮的心理小说。司台尔夫人本名叫(Germaine Necber),父亲曾任法国首相,嫁司台尔男爵,极景慕卢骚,崇拜自由,拿破仑忌之,放逐国外,夫人遂到德国,1813年著有《德国论》,为政府禁止刊行。所著《迪尔芬》(*Deephine*)小说,用书翰体作,模拟卢骚的《新的希洛斯》,取材于当时的妇人问题。

此时不特文学家,一般人民全苦于残暴的战争及拿破仑的暴力。在未革命时,人民本期待前途的曙光与快乐,谁知革命以后,恰得与预想相反的结果,因为那在马上席卷欧洲的拿翁出世,逐使他们没有顾及文学与艺术的余裕了。故司台尔夫人的评论与小说,却妥卜尼南的创作等所引导的浪漫运动,不免受了挫折。直到拿破仑式微以后,薄兰奔王朝再兴,才有诗人缪塞(1810—1857)、高梯兰(1811—1872)、拉玛丁小说家许俄等人出,浪漫运动,达到全盛。

许俄(雨果)(1802—1885)不特是大小说家,又是诗人、戏剧家、思想家、政治家。他的戏曲《赫纳尼》(五幕二十六场)上台排演的1830年2月15日,便是浪漫主义在法兰西胜利的时候。他的小说继续司各德的脉络。他的代表作有《巴黎圣母寺》《哀史》《海上劳动者》等。《巴黎圣母寺》为历史小说,取材于路易十九世,书中的人物都是戏剧的,圣母寺院的描写也极精致,颇享盛名。《哀史》中以描写巴尔容的生涯为主,卷帙甚多,意在怜惜无告者,同情于反抗,是一部完全的社会小说。他少年所作的《死囚末日记》,也为世人所知,极富于人道主义。他成为浪漫派的泰斗,也由于诗歌戏曲的成功,他在《克洛姆维尔》剧本的序言中,广布了革命的言辞,使文学的革命家兴奋。至于许俄对于浪漫主义的观察,他曾说这主义是文学上的自由主义;文学上的自由,是政治上自由的产儿。又说:"新时代的人便是新艺术",由此可以见他对于浪漫主义的努力。18世纪的法兰西为古典主义及教法主义所盘踞,直到许俄,方起教权的反抗运动,终得胜利。

　　次于许俄的,有亚历山大仲马(1803—1870),他的历史小说很有名望,亦为司各德的私淑,共著小说千数百册。就中《三个大枪手》与《克尼斯妥伯爵》最著名。

五、英国的浪漫主义作家

　　浪漫主义在英吉利没有成为强大的运动,最初只有考贝(W. Copper)等二三诗人,忌恶18世纪技巧的空虚的文辞,扬声反抗,他们的反抗也可以就是德国维南特、哥德等所起的反抗的同声。英国的浪漫派,是以诗人的活动为主,湖畔诗人与拜伦等,在当时文坛上颇有势力。他们的努力,在打破文辞之技巧及惯习,以要求精神的社会的解放,及司各德出,小说界才发出浪漫派的光芒。司氏的影响普遍于欧洲诸国的作家,其后立佳特孙一派兴起,才有忠实地描写日常生活的小说发达起来。

司各德的继起者又有尼敦(Lytton, 1803—1873),他的生涯为政治家,也以文学为世所重。他的作风,比司各德更是通俗,但为衿夸与虚构所充满。直到晚年,才带有写实的趣味。与尼氏同时代的政治家如迪司拉尼(Disraeli, 1801—1881)等也作小说,但不过是政治家的余技,将小说代政治论罢了。当时有几个政治家,都将他们政治社会的意见,寓于其中,成了一种倾向小说。

以后浪漫派小说家,便是迭更司、撒克勒等几个有写实倾向的人。

六、德国的浪漫主义作家

浪漫主义的名称是由德国发轫的,创造者为司勒格儿兄弟。兄名弗利德尼克(1767—1845),他和迪克于1798年在Iena地方刊行杂志,宣传主义,可算德国浪漫派的巨擘。他是一个批评家、翻译家、东洋研究家、哲学家,又为国民思想之鼓吹者。与法国的司台尔夫人很亲善。他和迪克,他的弟弟等人合办的文学杂志,名叫《阿典勒姆》,当作浪漫派运动的机关。他们的共同目标是:"重视理性的法则与进行,还到空想的境界,与原始的人性,这些是诗歌的根原""诗人的自由,并不受任何法则的束缚"。他们的理想受了费希特的唯心哲学,徐林的主客观合一的哲学之影响。这理想与诗歌宗教合在一起,眷恋祖国的过去,因此他们赞美德国中世的国民生活。

德国第一次浪漫运动到1804年衰颓以后,1806年有赫特尔堡地方的第二次运动,均以诗人为中心。哥德的《少年维特尔之悲哀》,司勒格尔、弗利德尼克的弟弟奥格司特(1767—1845)著的《路星德》可以代表这时期。此外诗人迪克、戏剧家克莱斯特(1777—1817)诸人,也是浪漫派的首领。

1809年,诗人阿林(Arnim)等移到柏林,又为第三次的浪漫运动,名柏林浪漫派,士林景从。自此三十年后,又有少年德国派之起,这派的根本精神虽同浪漫派,但不以文学为生,仅把文字当作宣传的工具。当时德国政变,首相梅特涅行压迫的政治,禁止一切自由运动,国民的一腔闷郁,有如弦上的箭,临机待发,恰好有哲学家赫智儿出,提倡万物联合的超越哲学,继费希特之后,鼓吹自由思想,革命之机,已在酝酿中。又受1830年法国许俄等浪漫运动,及七月革命的影响,文学史上,起了破坏与怀疑的运动,这便是"少年德意志派"的运动了。这运动影响到政治、宗教、道德各方面。古兹哥(1811—1878)是这派中最年幼的一个,和劳伯(1806—1884)二人,为此派的健将。

七、俄国的浪漫主义作家

洛尼在《比较文学史》里说:"近代智的生命之警钟,且最后醒觉的,是俄国。俄国由野蛮时代入于近代文学之列(由产生有名的《伊鄂侵入之歌》古英雄诗的时代),到用'有音乐谐调的俄语的'生命,产生壮丽而丰富的作品之间,有很广的一条沟渠。作成这沟渠的时候,俄国是睡眠的,一觉醒来,二三日后,这沟渠便充满了。"这沟渠的时代便是浪漫派的活动,到19世纪,代表斯拉夫民族的俄罗斯,才登上欧洲的文艺舞台,一幕一幕地揭开来。

俄国在18世纪,纯在模仿时代,事事模仿西欧,彼得大帝以后的"国是",便是输入西方文明。直到加萨林女皇时,见西欧自由思想之侵入,是可惊的事,一变旧政,取抑止的政策,发挥斯拉夫精神。但是国民,仍以德法为师,思想文艺,皆取自法国——也取自他国——19世纪初叶,仍旧是取法他国的文艺。

俄国浪漫派的第一人是司可夫斯基(Zhkovsky,1783—1852),他把拜伦、司各德、徐勒、哥德等介绍到本国,后为宫庭诗人。其次有卡拉琼(N. Karamzin,1766—1826),他的创作力,使浪漫派思潮普及,比较移植外国文学的更有力些,他们以热情的、感伤的、神秘的运命观为主。

继司可夫斯基的普希金(Pushkin,1799—1837),他的运动比卡拉琼更来得积极些。他受了卢骚、拜伦等的影响,他的诗是要求解放与自由,他的《甲必丹之女》是最有名的。因为他的爱国心,遂有建设国民文学的意志,为近代俄国文学的根干。法国批评家维吉耶说:"普希金的青年时代,如拜伦、拉玛丁一样,是一篇的诗,是实现而且飞翔于世纪曙光里的(唯一人的)青年之梦。"所以他是一个价值最高的纯美派诗人。他又自由使用俄国民间语言,将细微的印象很巧妙地写出,他的杰作的生命,在俄人则视如经典,在世界也持着永久的生命。

娄蒙夺夫(莱蒙托夫)(Lermontov,1814—1841)也生在这个时代,他的《现代英雄》一书是很有名的。书中叙高加索的军官伯宿林初与回女培娜恋爱,后又弃之,后因事与同僚决斗被杀。描写当时俄国的一般贵介子弟,不能尽力于社会,多为伯宿林之类,放荡自贼,此作已近写实,开后来俄国写实派之端。

八、北欧与南欧的浪漫主义作家

浪漫主义的波动也及于斯干底那维亚半岛。其时瑞典因为统治者的竞争,国民对于国家前途忧悒,思想起了变化,19世纪初德国浪漫派输入后,古典派的形式便推翻了。浪漫派的空想的感情的要素,在瑞典成了纯粹的文学。其故在瑞典自然的奇幻,很适宜于养成浪漫的风格。在先本有德国派、法国派之争,及到泰衣纳、林格、苟尔等人出,先排除法国的文学势力,继脱离德国的感化,将自国固有的传统思想及传说做了新文学的根基。当时他们有两个文学团体:一是1803年维卜沙那大学学生发起的晓星派,一是泰衣纳主宰的鄂梯克社,他们都是诗人。主阿尔姆维斯特(Almwist,1793—1866)出,才有了唯一有名的小说家,他完成本国的浪漫运动的事业,并为到写实派的过渡,他的生涯和作品都很奇幻的,也作问题小说。

丹麦自青年的雄辩哲学家司梯芬(Steffens)1802年由德返国,在可朋哈肯讲演德国的浪漫派作风后,才开始运动,在初也只是几个诗人。其后安兑生（Anderson，1805—1878）出，为浪漫派小说树一帜，他的《童话集》，恋爱小说《即兴诗人》，是很著名的。

意大利浪漫派是受德国的影响。玛若尼是此派的健者，著诗歌小说很多，1823年作《约婚夫妇》三卷，以司各德为法，书为历史小说体，叙17世纪初西班牙取冰兰故事。描写村姑路西亚，与洛伦若定婚，贵胄洛迪哥欲夺之，使牧师勿为二人结婚，于是他们逃去。这本书的主旨，据作者自叙，系隐示道理与势力的争斗，凡人应当守理，与患难相抗，尽人事听天命。因为他的爱国思想与信教心，才有这著作。

本文参考书

新潮社:《近代文学十二讲》

伊达原一郎:《近代文学》

勃兰兑斯:《欧洲十九世纪文学的主潮》

原载《文艺创作讲座》（第一卷），上海：光华书局，1931年。署名：谢六逸

描写例类

本文是我在复旦大学讲授"小说原理"时所编讲义的一章,内中有一部分曾由我的学生陈穆如采入他的著作内,特此声明。

小说家的职责,在于介绍作中人物于读者,所以描写人物的个性,极为重要。其他如描写自然的景色、社会的状态、人物的动作,都可以帮助个性的描写。

小说家须与历史家或传记作家有别,所用文字,不能只是一些单纯的记叙。小说也并非一段新闻记事,可以平铺直叙写出的。也与随感录、随笔、小品文不同,不是单纯的笔法可以完成的。所以小说家必尽力之所及,用适当的文字,描写一人一物一情一景。

"描写"就性质上区分,可以大别为:1. 直接描写(Direct Delineation);2. 间接描写(Indirect Delineation)。直接描写是由小说的作者把人物的特性,直接传达读者。这种描写法,又分为四项:1. 注解法(Exposition);2. 抒写法(Description);3. 心理解剖(Psychological analysis);4. 借用他人的口吻。间接描写也可分为四项:1. 说话(Speech);2. 动作(Action);3. 他人所给予的反应(Effection other

Character);4. 环境(Environment)。

描写人物,有两种方法:1. 外面描写;2. 内面描写。

"外面描写"指人物的面貌、服装、表情、动作、言语、行为、事业、特癖、环境等类的描写。

"内面描写"指人物的心理的解剖,或心理的描写。

以下就著名作家的作品,举例说明这两种描写方法。

一、外面描写①

（一）外貌描写②

例一

智深听得,收住了手看时,只见墙缺边立着一个官人。头戴一顶青纱抓角儿头巾,脑后两个白玉圈连珠鬓环,身穿一领单绿罗团花战袍,腰系一条双獭尾龟背银带,穿一对磕瓜头朝样皂靴,手中执一把折叠纸西川扇子,生的豹头环眼,燕颔虎须,八尺长短身材,三十四五年纪。

——《水浒》第六回

例二

这马兵都头姓朱名仝,身长八尺四五,有一部虎须髯,

---

① 底本只包括外面描写部分。
② 此标题为整理者加。

长一尺五寸,面如重枣,目若朗星,似关云长模样,满县人都称他美髯公……那步兵都头,姓雷名横,身长七尺五寸,紫棠色面皮,有一部扇圈胡须,为他膂力过人,经跳二三丈阔涧,满县人称他做插翅虎。

——同前,第十二回

例三

第一个,肌肤微丰,身材合中,腮凝新荔,鼻腻鹅脂,温柔沉默,观之可亲。第二个,削肩细腰,长挑身材,鹅蛋脸儿,俊眼修眉,顾盼神飞,文彩精华,见之忘俗。

——《红楼梦》第三回

例四

三个女孩子的头发,都是金黄色的,都穿着镶了纱栏干的蓝衣,真同精巧绝伦的小磁人儿一样,顶大的那一个有十岁了。顶小的一个还不到三岁……三个男孩子的头发,有两个是棕黑色的,那个顶大的年岁的孩子的头发,是铁红色的,都是宽肩长腰,好像有点已经宣布他们是伟丈夫的气概。

——莫泊三《无益的容貌》第二节

例五

葛郎丁便向对面的包厢瞧看,看见一位很像年轻的长身玉立的妇人,伊光彩焕发的容貌,仿佛把各方面的视线都召集过去了。伊的面目光润得和象牙一样,五官均齐得和雕刻的偶像一样,头发乌黑,罩着一条弧形的镶满金刚石的压发圆梳,灿烂得和众星攒聚的天河一样。

——同前,第三节

例六

那是一个十七岁左右的少年。在平分的前发下,闪着美丽的眼睛,丈夫气之中有些女子气,威武气之中有些狡猾气,身上是白绫的衬衣罩着绫子的单衫,那模样就说明他是一个有国诸侯的近侍。再一看足上的白袜,被尘埃染成灰色了。因为除下了裹腿而露出的右腓,上带一条径寸的伤痕,流着血。

——菊池宽《三浦右衙门的最后》

例七

它们的样色是很变动的,这些髭鬚,有时是卷的、皱的、翘然的。它们仿佛是恋爱妇女的最前表示!有时它们是尖的有角的和针锋一样,这种髭鬚表示好饮酒驰马和战斗的牌号;有时它们是肥腻的、倒垂的、可怕的,这种伟大的髭鬚常常隐伏着高尚的性格,隐伏一种和弱性相近的好意,隐伏一种和羞涩相近的柔情。

——莫泊三《髭须》

例八

他有些古怪,是捉摸不定的。高大的精悍的身体,头的高傲的姿势,锐利的射人的眼睛,在突出的险峻的眉毛下,教人想起一匹雏鹰。蓬松的乱发上,弥满着粗野和自由,沉着轻捷的举动,宛然是爪牙来的鸷兽的颤动的壮美。那手,倘有所求,也便要确实牢固的攫取似的,他仿佛全不理会自己地位的不稳,只是平静深邃的遍看各人的眼睛。即使他眼里浮出喜色来,人也觉得这里面藏着什么秘密和危机,如见那正施蛊惑的猛兽的眼。他的言语是严重而且简单。

——安特来夫《黯淡的烟霭里》

例九

一说起禅智内供的鼻子,池尾地方是没有一个不知道的。长有五六寸,从上唇的上面直拖到下颏的下面去。形状是从顶到底,一样的粗细。简捷说,便是一条细长的香肠似的东西,在脸中央拖着罢了。

——芥川龙之介《鼻子》

例十

伊身材本来就不甚高大,然而竟体浑圆,并且皮肤和火腿的脂肪一般儿腴润,十指肥硕异常,而指节的肌肤却和指环一般将手指籀成无数的圆体,仿佛一些短白而肥的腊肠球儿,项颈在外衣的领口中,格外显得丰满。然而因为伊的鲜艳的丰神令人悦目,所以一直保持伊那使人垂涎而引人追踪的地位。伊的脸蛋儿仿佛一个鲜红的苹果,一个未开的芍药苞儿,然而内部却早已盛开了:上部两只媚眼,被长而密的睫毛覆盖,下部一颗娇小玲珑而鲜润可吻的樱唇,微露着几点洁白整齐而纤巧的牙齿。

——莫泊三《羊脂球》

例十一

他是个盲人,年纪大约三十二三吧,面孔被日光晒黑,充满了垢污,差不多已确不定究竟几岁了。他不但垢污,并且看去很憔悴,大概因为日里受了街上的飞尘,夜里在小客栈的一隅盖了龌龊的棉被吧。面状算是长形,鼻子也高,眉毛也浓,额角虽然一半被那永不加梳的蓬蓬的头发遮住,看去却也饱满,不像那下等人常有的露了骨,凸得出出的额角。

——国木田独步《女难》

例十二

她的母亲的脸子是又陈又旧的象牙的颜色。她的鼻子是像一只大的强有力的鸟喙,上面的皮张是绷得紧紧的,所以在烛光里,她的鼻子呆顿顿地亮着。她的一双眼,是又大又黑像两潭墨水,像鸟眼一样的铄亮。她的头发也是黑的,像最细的丝一样的光滑,放松的时候,就直挂了下来,盖在她的象牙色的脸上发亮。她的嘴唇是薄的,差不多没有颜色。她的手是尖形的,敏捷的手,握紧了只见指节,张开了只见指条。

——司蒂芬生《玛丽玛丽》

例十三

她穿着一件白色披衫,和一件把她那面容映成蓝色的紫色外衣。从她离开了那布以后，很显著地长肥了。一个双层的下颌把他的面容变宽。甚至于他那嘴唇本来是太近鼻子的，现在好像开在鼻孔下面。他那粗大的颈项，在绢布里面藏着，时时用他那肥胀的手，去整理它。他的手上有红黄色的毛，把他的手腕作成像血色的瘢纹，他不叫人拔他那手上的毛，因为人家告诉他说，结果是手指颤动，要妨害他弹琵琶。一种不可计量的虚荣心，同一种困倦和烦闷，镌刻在他的面容上面。他这个人的全体，同时是可怕，又可笑的。

——显克微支《你往何处去》二之九

例十四

她刚十八岁，是一个活泼的黑皮肤的女子，生着一对又大又黑，并且惯于撩人的眼睛。她身上的气味是甜香的，她的嘴唇是轻快伶俐的，她的高耸的乳峰和袅娜的肥圆的臀部都引诱人。她行动时的姿势又活泼、又娴雅、又妩媚、又风骚。纵然有时庄重矜持，然而在她的脸部、她的身段、她的行动，她的表示喜、怒、好、恶，这种种方面，都有某种特色，使她更形风骚，更见迷人。她的一双手，小而细嫩。她喜欢穿好的靴子和浆洗过的裤子，因为行走时那裤子有霍……霍……的诱人的浪声。

——柴马沙斯《他们的儿子》

例十五

只就外貌而论,不过是个身体矮小,骨瘦如柴,脾气不好的老头儿。他进主公府第的时候,常穿着玄丝褂,戴着黑绉帽,人品却十分卑贱。不知怎的,他那副嘴唇皮,鲜红得刺目,简直不像老头儿,令人看了越发觉得可怕,好像很带着兽类的神气。有人说是因为把画笔舐红的,究竟什么缘故,真真莫名其妙。还有一个刻薄小子,说良秀的神情举动,好像猢狲,竟替他取了绰号,叫做猿秀。

——芥川龙之介《地狱变相》

例十六

见她是一个脸色微黑,鼻子旁边有雀斑的乡下人似的少女。身上穿着与侍女相配的手织木棉布做成的单衣,衣外只系着小仓带。她的活泼的眉眼、坚肥的体格,使人联想到新鲜的桃子、梨子的美。

——芥川龙之介《阿富的贞操》

例十七

1853年炎热夏日的一天,距离昆错夫不远的地方莫斯科河岸,高大菩提树的浓荫里,一片绿茸茸的草地上,躺着两个青年。一个看去大约有二十三岁的光景,高身量儿,黑色的面容,尖锐稍为歪斜的鼻子,高的额部,宽阔的唇上含着微笑,仰面卧着,露出沉思的神色,微瞬着自己那双灰色的小眼,凝视着远处。那一个爬在那儿,双手扶着灰白色卷发的头,也向着远处瞭望。他较自己伙伴长三岁,然而看来,更显得年少,胡须刚刚生长,领下微有些柔毛。可爱的、容光焕发的圆面,暗褐色的妙目,美丽的凸出来的嘴唇,洁白的小手,在在都含着些儿童的娇爱,动人的艳丽。所有他的身上,都现出健康幸福的愉快、不关心、自负、放肆和青年的秀美。双睛转动着,露出微微的笑容,头倚在手上,这好像小孩们知道大人要看他们时的举动。穿件粗布外套一类的宽阔白色的外衣,细颈上围着一方浅碧色的手巾,身傍草地上摆着一顶揉皱了的草帽。

——屠格涅夫《前夜》

例十八

过了两分钟,一个年轻妇人迅步从门里走将进来。她身材不甚高大,胸脯十分丰满,穿着件灰色寝衣,里面还衬着白色的衣裤。她脚下穿着双布袜,袜上套着双囚犯用的破鞋,头上系着块白色三角布,布下微露出几把黑头发。那妇人的脸显得特别的白,这种样子真和久居家中闭户不出的人的脸色相同,仿佛番薯深藏在地窖里所变成的颜色一般。她那双手十分阔,却不很大,头颈从大衣领里出来,显得又白又胖。在她那雪白光泽的脸上一双又黑又亮的眼睛不住地闪动,眼神虽然显出十分疲乏的样子,却还有活泼气象,内中一只眼睛略微斜一点。她挺着那丰富的胸脯,身干很直。

——托尔斯泰《复活》

例十九

克拉都诺夫也是一位少年军官,身长,面秀,年方二十二岁,卷发可爱,身穿军服,脚踏骑马长靴,却没有戴帽子,也没穿外套。他直立在那雪遮没的草地之上,圆睁着两眼,望着他的敌手。

——泰来夏甫《决斗》

例二十

那时候正是秋天。大道上飞也似地走着两辆马车。前一辆车上坐着两个妇女。一个是黄瘦憔悴的女太太,一个是光泽满面容貌丰满的使女。褪色的破帽底下,乱蓬蓬披着许多很干燥的短头发。冻得紫红,手上戴着一双千疮百孔的破手套,不住地理那乱发。一条毛毡围巾,裹着高凸的胸脯,透出很强健的呼吸。一双亮晶晶的黑眼,一会儿从窗里看那飞奔绝伦的田地,一会儿看看自己的主母,露出十分忧愁的神气,一会又朝着车角那里呆望。在她头旁网篮上挂着主母的一顶帽儿,她膝下躺着一只小狗,脚底下又放着许多横七竖八的小箱子,耳旁只听见辚辚的车轮声和清脆的玻璃相撞声。那女主人枕着垫在她背上的枕头,两手放在膝上,闭着眼睛,身体颤巍巍地摇着,轻轻地皱了皱眉头,咳嗽了一下。头上带着一只睡眠用的白网袋,白嫩的颈间又系着一条蓝色的三角布。黄金色的头发、白嫩的皮肤、深红的两颊,都能显出她的美貌。嘴唇十分干燥,两道眉毛浓厚得很。那时候她眼睛正闭着,脸上现出疲乏苦痛和发怒的神气。

——托尔斯泰《三死》

上二十例,都是描写人物的外貌的(容貌及服装)。外貌的描写,应该注重被描写部分的特点,使阅者获得深刻的印象。其次为文字的生动,使阅者看去不觉得有一点呆板。再次是加以选择,要能精细而不琐絮。试看以上各例,都是具备这几种条件的。而且各人所写的,很少有雷同之点,这也是值得注意的。

(二)动作、表情描写[1]

"表情"与"动作"的描写有时不易分得清晰,借"动作"来显示"表情"是常见的。"表情"可以在人物的"面部"或"身体"上看出,由这表情,又可以看见心的活动。复杂的心情,每每不能用语言说尽,可是"表情"可以传达出来。

"动作"的描写在于"节约"与"撮要"或"拣择",应使阅者发生所受的印象是描写之"生动"。

例一

> 天亮了,起头是白灰色的,随即明亮了,随即变成红玫瑰了,随即光明了,汝历行睁开眼睛,打了一个呵欠,伸一伸臂膊。望着他的妻子微笑一笑说道:"你睡得好吗?我爱!"
> ——莫泊三《一生》

例二

> 家将放下老妪,忽然拔刀出了鞘,将雪白的钢色,塞在伊的眼前。但老妪不开口,两手发了抖,呼吸也艰难了,睁圆了两眼,眼泪几乎要飞出窠外来,哑似的执拗地不开口。
> ——芥川龙之介《罗生门》

---

[1] 此标题为整理者加。

例三

　　——说到父亲的颓丧,真是不忍见他。每到傍晚,听着没有气力的靴声,随后是戛的开门的声音。心里想这是归来了,只是正做着事,放手不下,便不出去迎接。等了好久,却总不再听到别的声响。出去看时,只见主人坐在门口板台上面,两手捧着脸,俯伏在膝上,他大约连脱靴的勇气都没有了。

　　　　　　　　　　　——加藤武雄《乡愁》

例四

　　女人俯伏着,哭泣起来,但是也不便发出大声,所以只见伊背抽搐,很是痛苦的模样。这时候德二郎忽然变成一副庄重的相貌,看着伊的这情形,随后突然回过脸去,对着山看,也不作一声。

　　　　　　　　　——国木田独步《少年的悲哀》

例五

　　心里想着,脸上不由得露出一种愁态,而这种愁态除非知道他所有亲人都死去的时候,才能自然地显出来。

　　　　　　　　　　　——托尔斯泰《复活》

例六

喀其沙两手正插在口袋里面,挟着一个枕头,当时回头看了南黑留道夫一下,面上含着笑,可是这个并不是像原先这样高兴和快乐的笑容,却是恐惧哀怜的笑容,这种笑容仿佛对他说他所做的事情是很傻的。

——同前

例七

究竟髭须的诱惑力是从哪儿来的呢?你一定会这样向我说。我知道吗,他——髭须——起头微微地鲜美地使你麻着未曾碰到嘴唇,已经觉得蘸着些儿麻上来了。这麻,这有滋味的麻,一会儿穿过你的全身走到脚尖儿头上了。就是这个和你温存。使你的皮肤受感,给你的神经受一个会叫你轻轻说一声"哈",如同骤然遇着严寒的那样的甜美波动。

——莫泊三《髭须》

例八

雕刻的是两个裸体的美人,那种娇痴妩媚的神气,别说我不敢描写,简直是描写不出。那两个美人笑容里很带着一点荡意。好像她们若没有捐住烛台的职务,真要跳下地来大大地玩一回了!

——柴霍夫《一件美术品》

例九

良秀在此时的面貌,我到如今都还记得。那个忘其所以正要跑到车子这边来的良秀,在火一烧着当儿,就停住了脚步,依旧伸着手,睁着眼睛,牢牢望着包围车子的火焰,他全身是照在火光里,皱成一团糟的丑脸上,连胡须的尖子都可以看得清清楚楚。那睁得大大的眼睛里,那扭歪了的嘴唇边,或是那抽得不停的颊肉的震动,没有一样不是把良秀心坎里一起一落七上八下的恐怖悲痛与惊骇活现到脸上来。就是正要斩首的强盗,或是拖上阎罗殿的五逆十恶的罪鬼,也不有这样的愁眉苦脸吧。弄得那么有大气力的侍者。也不觉得变色,惶惶恐恐地仰望着主公的脸上。

——芥川龙之介《地狱变相》

例十

那时候她的脸上显出不平常的样子,说话的意义里含笑里,和向厅里四围地看望里,都含着又可怕又可怜的神气。首席推事不由得脸红起来,大厅里一时竟显出完全的寂静。忽地,众人中有人嗤的笑了一声,这才把寂静破除了。又有人嘶嘶地叫了一声。

——托尔斯泰《复活》

以上十例,示"表情"的描写。

例十一

正在闹哄哄的时节,只见那后台里又出来了一位姑娘,年纪约十八九岁。装束与前一个毫无分别,瓜子脸儿,白净面皮,相貌不过中人以上之姿,只觉得秀而不媚、清而不寒。半低着头出来,立在半桌后面,把梨花筒丁当了几声,煞是奇怪。只是两片顽铁,到她手里便有了五音十二律似的。又将鼓捶子轻轻地点了两下,方抬起头来,向台下一盼。那双眼睛,如秋水、如寒星、如宝珠、如白水银里头养着两丸黑水银,左右一顾一看,连那坐在远远墙角子里的人,都觉得王小玉看见我了。那坐得近的,更不必说。就这一眼,满园子里便鸦雀无声,比皇帝出来还要静悄得多呢,连一根针跌在地下都听得见响。王小玉便启朱唇,发皓齿,喝了几句书儿,声音初不甚大,只觉入耳有说不来的妙境,五脏六腑里,像熨斗熨过,无一处不伏贴,三万六千个毛孔,像吃了人参果,无一个毛孔不畅快。唱了十数句之后,渐渐地越唱越高,忽然拔了一个尖,像一线钢丝,抛入天际,不禁暗暗叫绝。哪知她于那极高的地方,尚能回环转折,几啭之后,又高一层,接连有三四叠,节节高起,恍如由傲来峰西面攀登太山的景象。初看傲来峰削壁千仞,以为上与天齐,及至翻到傲来峰顶,才见扇子崖更在傲来峰上,及至翻到扇子崖,又见南天门更在扇子崖上,愈翻愈险,愈险愈奇。那王小玉唱到极高的三四叠后,陡然一落,又极力骋其千回百折的精神,如一条飞蛇,在黄山三十六峰半中腰里盘旋穿插,顷刻之间,周匝数遍。从此以后,愈唱愈低,愈低愈细,那声音渐渐地就听不见了。满园子的人,都屏气凝神,不敢少动,约有两三分钟之久。仿佛有一点声音,从地底下发出,这一出之后,忽又扬起,像放那东洋烟火,一个弹子上天,随化作千百道五色火光,纵横散乱,这一声飞起,即有无限声音,俱来并发。那弹弦子的亦全用轮指,忽大忽小,同她那声音相和相合,有如花坞春晓、好鸟乱鸣,耳朵忙不过来,不晓得听哪一声的为是,正在撩乱之际,忽听霍然一声,人弦俱寂。这时台下叫好之声轰然雷动。

——洪都百炼生《老残游记》

例十二

鲁达听得，跳起身来，拿着那两包臊子在手，睁着眼看着郑屠道："洒家特地要消遣你！"把两包臊子，劈面打将去，却似下一阵肉雨。郑屠大怒，两条忿气，从脚底下直冲到顶门，心头那一把无明业火，焰腾腾地按捺不住，从肉案上，抢了一把剔骨尖刀，托地跳将下来。鲁提辖早拔步在当街上。众邻舍并十来火家，哪个敢向前来劝，两边过路的人，都立住了脚，和那店小二也惊得呆了。郑屠右手拿刀，左手便来要揪鲁达。被这鲁提辖就势按住左手，赶将入去，望小腹上只一脚，腾地踢倒在当街上。鲁达再入一步，踏住胸脯，提着那醋钵儿大小拳头，看着这郑屠道："洒家始投老种经略相公，做到关西五路廉访使，也不枉了叫做镇关西。你是个卖肉的操刀屠户，狗一般的人，也叫做镇关西！你如何强骗了金翠莲！"扑的一掌，正打在鼻子上。打得鲜血迸流，鼻子歪在半边，却便似开了个油酱铺，咸的、酸的、辣的，一发都滚出来。郑屠挣不起来，那把尖刀也丢在一边，口里只叫"打得好"！鲁达骂道："直娘贼！还敢应口！"提起拳头来，就眼眶际眉梢只一拳，打得眼棱缝裂，乌珠迸出，也似开了个彩帛铺的，红的、黑的、紫的，都绽将出来。两边看的人惧怕鲁提辖，谁敢向前来劝。郑屠当不过讨饶。鲁达喝道："咄！你是个破落户！若只和俺硬到底，洒家便饶了你！你如今对俺讨饶,洒家偏不饶你!"又只一拳,太阳上正着。却似做了一个全堂水陆的道场,磬儿、钹儿、铙儿,一齐响。鲁达看时,只见郑屠挺在地上,口里只有出的气,没有入的气,动弹不得。鲁提辖假意道:"你这厮诈死,洒家再打!"只见面皮渐渐地变了,鲁达寻思道:"俺只指望痛打这厮一顿,不想三拳真个打死了他。洒家须吃官司,又没人送饭,不如及早撒开。"拔步便走,回头指着郑屠尸道:"你诈死!洒家和你慢慢理会!"一头骂,一头大踏步去。街坊邻舍并郑屠的火家,谁敢向前来拦他。鲁提辖回到下处,急急卷了些衣服盘缠,细软银两。但是旧衣粗重都弃了,提了一条齐眉短棒,奔出南门,一道烟走了。

——施耐庵《水浒》第二回

例十三

武松走了一直,酒力发作,焦热起来。一只手提着哨棒,一只手把胸膛前袒开,踉踉跄跄,直奔过乱树林来。见一块光挞挞大青石,把那哨棒倚在一边,放翻身体,却待要睡,只见发起一阵狂风。那一阵风过了,只听得乱树背后扑地一声响,跳出一只吊睛白额大虫来。武松见了叫声"阿呀"!从青石上翻将下来,便拿那条哨棒在手里,闪在青石边。那大虫又饥又渴,把两只爪在地下略按一按,和身望上一扑，从半空里撺将下来。武松被那一惊，酒都做冷汗出了。说时迟，那时快，武松见大虫扑来，只一闪，闪在大虫背后。那大虫背后看人最难，便把前爪搭在地下，把腰胯一掀，掀将起来。武松只一闪，闪在一边。大虫见掀他不着，吼一声，却似半天里起个霹雳，振得那山冈也动，把这铁棒也似的虎尾，倒竖起来只一剪。武松却又闪在一边。原来那大虫拿人，只是一扑、一掀、一剪，三般捉不着时，气性先自没了一半。那大虫又剪不着，再吼了一声，一兜兜将回来。武松见那大虫复翻身回来，双手轮起哨棒，尽平生气力只一棒，从半空劈将下来。只听得一声响，簌簌地将那树连枝带叶劈脸打将下来。定睛看时，一棒劈不着大虫。原来打急了，正打在枯树上，把那条哨棒折做两截，只拿得一半在手里。那大虫咆哮，性发起来，翻身又只一扑，扑将来。武松又只一跳，却退了十步远。那大虫恰好把两只前爪搭在武松面前，武松将半截棒丢在一边，两只手就势把大虫顶花皮胳地揪住，一按按将下来。那只大虫急要挣扎，被武松尽气力捺定，哪里肯放半点儿松宽。武松把只脚望大虫面门上、眼睛里，只顾乱踢。那大虫咆哮起来，把身底下爬起两堆黄泥，做了一个土坑。武松把那大虫嘴直按下黄泥坑里去，那大虫吃武松奈何得没了些气力。武松把左手紧紧地揪住顶花皮，偷出右手来，提起铁锤般大小拳头，尽平生之力只顾打。打到五七十拳，那大虫眼里、口里、鼻子里、耳朵里,都迸出鲜血来,更动弹不得,只剩口里兀自气喘。武松放了手,来松树边那打折的哨棒,拿在手里,只怕大虫不死,把棒橛又打了一回。眼见气都没了,方才丢了棒。

——《水浒》第二十二回

例十四

阿富用力地把伞朝新公的头上打下来,新公赶忙躲开,可是伞在中途已经打在旧浴衣下的肩头上了。被这骚扰惊骇的猫,把一口铁锅踢落下来,她跳到灶神的厨上去了,同时,供灶神的松和神灯的灯器,转落到新公的身上了。新公刚刚跳开,这时却不能不被阿富的伞打了若干次。

——芥川龙之介《阿富的贞操》

例十五

红发妇人走到柯拉伯娃面前,说道:"唔,我并不怕你。""你是监狱中的淫妇。""说的就是你。""煮熟的狼心狗肺。""我是狼心狗肺?你才是杀人的死囚!"柯拉伯娃怒言道:"你给我走开!"

但是红发妇人一听这话,反倒向前走近,柯拉伯娃推她那个肥胖的胸脯。红发妇人仿佛正等着这一手儿,当时就用"迅雷不及掩耳"的行动把一只手揪住柯拉伯娃的头发，打算用又一只手披她的脸颊，但是柯拉伯娃竟把这个拿住。玛司洛娃和小美人也上前来拉住红发妇人的手，竭力给她们两人拆开，但是红发妇人揪住辫发的那只手竟不肯放。她一下子把头发拉下来，只为着凑合自己的拳头。柯拉伯娃弯着头，用手搥红发妇人的身体，还用牙齿捉她的手。许多妇人都聚在打架人的旁边，一面替她们分解，一面不住地嚷着。连那个害痨病的妇人也走过来，咳着嗽，看那两个揪在一起的妇人。小孩子们挤在一起也都哭了。女管狱同男管狱听见喧闹声音，都走进来看望。两人就分开手，那个柯拉伯娃把灰白的发边解开，从那里排出那已被揪掉的头发丝，红发妇人把破碎的里衣遮在蜡黄的胸脯上面——她们两人还嚷着、分辨着、告诉着。

——托尔斯泰《复活》

例十六

我走进一家茶室，叫了一杯茶来，坐在窗旁，空气非常闷热，车轮在石路上作响，屋顶散出热气。我等候了不久，大约有五分钟的时间。我清清楚楚地记住：街上的清楚的喧声，突然为一阵沉重、奇异、而且高大的响声所间断。这个响声很像有人用一把铁锤，在铁板上奋力打下，接着便是玻璃破碎的声音。然后一切又都沉静。街上的行人,拥挤喧扰地向曲巷奔去。一个穿破衣的童子高声叫着。一个妇人手里拿着一个提篮,一手紧握一个人,激动地说着话。屋里的侍役,从门内跑出来。哥萨克兵很快地走过街。有人说道:"总督被杀了。"我在人群中走着,难于上前。大群的人集在巷中,热烟的气味还在空气中盘旋着。玻璃的碎片散在路上,破碎的车轮成一黑堆。我能够看见那辆车已被炸成碎片。一个高身材的工人,穿着蓝布衫,站在我前面。他摇动他的骨瘦如柴的手臂,快而激动地说着话。我正想把他推在旁边,更向前走近车子,突然听见尖锐的枪声连接地从右边一条街上发出。我向那个方向走去,我知道是费杜尔在放枪。人群拥得紧紧的,几乎把我围在核心。枪声又响起来,但是远了一点,后来枪声渐短渐低。于是又沉静了。

——路卜洵《灰色马》

例十七

某时,有人去访问,据说,看见在进门的幽暗的三席宽的室内,世子夫人,骑在她老爷的背上。她这时仍旧穿着蛇腹色的绒线外衫,意气扬扬而推动着老爷。因为只看见世子夫人的蛇腹色的绒线衫,心里便想她是在推动着黑的包裹吗,直到看见男子的脚,这才"哈"的满面通红地逃出来了。于是"没有什么的!"世子夫人笑着叫喊了。留心仔细一看,果真没有什么。"刚才,我和爸爸两人这比打'相扑'呢,今日我可胜了"。她得意地说了。

——平林夕イ子《我的友人》

例十八

铃响了,剪票的门开了。大家一齐骚扰起来。剪刀声接连的响。手提的行李,被票门的木栅支住了,歪着嘴尽力扯牵的人,从行列车里溜了出去,又复强要挤入的人还有努力不许他进来的人,平常的照例的混乱。警察用了可厌的眼色,从剪票的人的背后,对着一个一个的旅客看着。好容易过了这关的人们,都在月台上小步地跑,也不听站夫"前面空着"的呼声,各自争先地想上最近的客车去。我预计去坐最先的一辆车,所以尽向前跑。

——志贺直哉《到网州去》

例十九

罗多耳服对着百叶窗撒一把沙子,就是通知她的意思。她便急忙站起来。但是有几次也得等一等,因为沙儿(她的丈夫——注）正在火旁谈得高兴，尚不曾谈毕。他便耐着心肠，如果她眼睛能够看他时，它们（指眼睛——注）早已从窗子上跳出去了。末后，她便动手换了她的晚装，跟着又取了一本书在手上，很安静地去看，好像那文章很足以使她消遣的一样，但是沙儿已经在床上唤她去睡了。他道："来呀！爱玛该睡了。"她答应道："是的，我就来。"因为那几枝蜡烛耀着他，他遂翻身向着床，睡着了。她即逃了出来，一面喘，一面笑，一面心里狂跳，一面解衣。罗多耳服带有一件大外衣，便完全裹在她身上，手臂搂着她的腰肢，一言不发，直将她挽到花园深处。

——弗劳贝《波华荔夫人》

例二十

乡人中有认识是玛丽的侄子的，当时领他到干燥的地方下马，又替他把马系住了，便领他到教堂里去。那时候教堂里的人已经满着。右面是男人：有穿着家制外衣和草鞋，系着洁白脚绊的老人；有穿着新呢衣、系着时新腰带、套着皮靴的少年。左面是妇人：头上裹着红色丝巾，身上穿着绵剪绒的背袷，套着鲜红的袖口，和蓝红绿灰诸色的裙袴，脚上穿着装织的小蛮靴。温和的老妇人裹着白巾，穿着灰色外衣，套着新鞋，立在少年妇人后面，她们中间却站着头发光梳衣服整齐的一群儿童。男人们一边搔着头发,一边画着十字,鞠着躬;妇女们(尤其以老妇人为甚)一边把一双笑眼注视在蜡烛后面的神像上面,一边把交叉着的手指放在额际丝巾上面,或在肩上肚腹上,有的弯着身站着,有的在地上跪着,嘴喃喃地祷告着。儿童们也学着大人的样子,人家一看着他们,便竭力祷告起来。金色圣龛四围都烧着巨大的蜡烛,荣福灯里也都点着许多蜡烛,一阵阵志愿歌咏队员的赞美的歌声悠悠扬扬从歌咏里室里吹将出来。

——托尔斯泰《复活》

摘自《文艺创作讲座》(第三卷),上海:光华书局,1933年。署名:谢宏徒 辑

科学家的精神

鹤见祐辅

我走去访问各样的人,叩他们的意见。有一天我听了代表的美国人的意见,他是久在中国从事医业的学者。

"我对于中国人所感的,就是中国人系一种空想力非常发达的国民。所以他们在文学、哲学、美术、宗教等方面表示出可惊的发达。但以我的经验,他们缺乏科学家的精神。不把事实当作事实从正面去正视,反而空想钻了进来,把真正的事实,借空想之力,将它当作了别物而容纳,即以绘画论、诗歌论,全然漠视自然界的事实,而用空想描绘或讴歌。因此缺乏了追究真理的纯真的精神。即以医术而论,并不诚心地进实验室,探求真理,稍微研究一下,就马上去做开业医去了。因此之故,中国虽产出了大文豪,却没有产出大科学家。"

所谓科学家的态度,乃是近代文明的摇篮。将事实当作事实下观察,将真理当作真理而容纳的心情,是古代与近代划分的明显的一条线。从空想的世界走到现实的世界为止,是最近文化的显著的特色。不回避而正视现实,那需要勇气与诚实。我们动辄故意漠视不愉快、不方便的事实，只想听悦耳的音乐。打破了这中世的空想的世界，以严正的事实作基础而建设，乃是我们今日的世界。

我漠然感着的，就是中国青年们的政治论与我们的政治论不觉有差异之处。例如中国差不多众口一致，说今日中国的一切纷乱之原，皆因不平等条约与关税的束缚所致。我对于中国人之愤怒此种国际的不平等，有深厚的同情。然而，说一切的中国的内政的混乱，皆因不平等条约出发的这样的论理的联络，不幸不能叫我心折。我曾把此事问之于颜惠庆氏，问之于伍朝枢氏，问之于胡适氏，问之于顾维钧氏。诸氏之中有的——

"因为没有保护关税，所以中国的工商业不兴，中国苦于输入超过，因此中国的银钱年年流出，中国人遂贫穷、失业。失业者的唯一的生活方法，就是去当兵，酿成今日的内乱。"

——这样地说明了。然而，我想这乃是"北风一起，箱店繁昌"式的论法。至少日本曾经同中国一样地苦于重负之下，可是同日本之脱离不平等待遇的当时的办法十分不同。如果以事实当作事实而正视，则中国内乱之说明，在不平等条约之存在以外，不可不求之于此。更直截了当地说一句，中国的论客，举今日中国的混乱之责任，转嫁于外国人的肩上的论法，若系一种政治的方便论，那么，总而言之，不是科学家的态度这一点，是确切的了。

科学家的态度之必要，对于混乱的中国，在想出建设的而且具体的方策上更为痛切。我在南京时，会见某知名的政治家时，曾经问说——

"我们把革命这一回事,除去了某某大人物,殆不能想像。如美国革命中的华盛顿、法兰西的拿破仑、俄罗斯革命中的列宁。我想欲中国革命完成,不可不出许多的人杰。尤其是我想知道的,与其说是华盛顿,不如说是把头脑供给华盛顿的哈米尔登。拔去了哈米尔登的头脑与财政的手腕,我真不能够想到亚美利加建国当时的成功。在目前的中国,如哈米尔登那样的丰富的实际的政治家,有见着了吗?"

"是呀,华盛顿也好,哈米尔登也好,都不曾见着呢!"

说时,他寂然地笑了。

原载《小品文做法》,上海:大江书铺,1932年11月。署名:谢六逸　译

什么是报章文学？

Journalism 一语的涵义是多方面的，"新闻事业""新闻学""杂志经营""报章文学"都是它的译名。这个名词的比较正确的解释，现引用于下。

Journalism 是由于造纸工业与印刷技术的进步始有可能性的文字工业、新闻、杂志的生产方法，与近代工场里的生产方法并无什么差异。将"纸"跟"文稿"当作原料买进，再将它做成"杂志"或"新闻"一类的制造品，多量地生产，贩卖于市场（就是读者），这和卫生衣、火柴的生产一点也没有差别。就是说，Journalism 是一种企业，不同处就是它有"每日""每周"或"每月"的一定的标准形式在那里制造内容各异的东西，不断地生产。

因此，Journalism 不是向后的，它的眼睛注视前方，向前直进。它犹如站立在社会的尖端而向前进的火车头一样。

对于某一社会的状态与前进的方向,我们可以凭借那社会里头所有的 Journalism 知道得最快而且最精确。例如我们要知道日本的社会状态与其动向,只有读日本的报纸是一条捷径。

Journalism 的领域,横亘在用言语(铅字)所能表现的一切部门上面。因为社会的一般的现象,既然能够用言语(铅字)表现,因此可以说 Journalism 的领域,扩张到社会的全部,如政治、经济、科学、哲学、宗教、艺术,等等,都在 Journalism 的圈儿里面。只是由 Journalism 生产出来的制造品,是以供给最广的需要者为主而制造的。在它的领域以内,一切都通俗化了。那些只能引起专门的少数人的兴味的事件,必须谨慎地将它除外,例如,极难解的科学上的问题等,是不会走进 Journalism 的领域里去的。

——千叶龟雄《Journalism 与文学》

这个解释,说明了下列诸点:1. Journalism 是一种企业,且是一种现代的文字工业;2. 它能代表某种社会的状态及其动向;3. 它的领域扩张到社会的全部;4. 为适合需要者的要求起见,在它的领域以内的一切都通俗化了。现在我再补充一点,就是此外还有一种 Journalism 所需要的文学形式。

这种文学形式,也许有人以为就是美国、日本报纸上面登载的讲爱情、谈冒险的长篇新闻小说,或者是我国报纸的"副刊"里面的诗歌、戏剧、杂文，这些虽然有可以称为报章文学的——例如长篇新闻小说，但是它们不过受记者的委托，写作适于登载的作品，借报纸的篇幅发表罢了。它们并不是报章文学的本身。那么，报章文学的形式是怎样的呢，我的解释是——以新闻现象作题材的散文。

请先解释新闻现象。

社会、政治、经济……各种现象，经过新闻记者的搜集整理，写成记事，印在报纸上面，读者看过以后，发生精神作用。以新闻记者搜集材料起，至影响读者为止，名之曰新闻现象。

例如某地大疫，经新闻记者搜集事实，写成记事，读者见报，必发生恐怖的精神作用，官厅亦必起而防疫。从某地瘟疫发生，以迄防疫，此一连串的事实，均可称之为新闻现象。

以新闻现象作题材的散文，可分为：1. 评论的；2. 记叙的。报纸上的"社论""时论""来论""时评"等属于前者；新闻中的各种记事，如"电报""长篇通信""简短记事"等属于后者。后者较前者重要，为报纸的主要成分。

报章文学的狭义的解释，应该是：以新闻现象做题材的记叙文，略称新闻文体（Journalese）。

新闻文体与普通的记事文有何差别呢？第一，新闻文体须顾及新闻记者的立场，对于事实的记录，纯以"事实"为对象，不掺杂空想或偏见。目的在以确切的事实告诉读者，而读者所急欲知道的也是那事实，而非作者的私见。普通的记事文纯以文学家个人的见解为立场，虽掺加个人的偏见亦不妨，因为读者大多先注意作者的文章然后注意他所记述的事实。第二,新闻文体以简练经济为主,不取空泛或堆砌的描写。因为现代报纸的篇幅甚为宝贵,不关紧要的叙述自应删除,普通的记叙文字则可随作者的意思抒写。如写一篇游记,尽可将某地的风景详加描绘,即使加上作者的心境描写,也无不可。但在新闻文体,这种写法是不适宜的。第三,新闻文体宜写现状,不宜用回忆录或传记文体,普通记事文则不受此种限制。归有光的《项脊轩记》、袁枚的《书麻城地狱》确为有名的记事文,但不能称为新闻文体,因为他们作文的目的或态度均与新闻记者不同之故。

兹举记叙文与新闻文各一例,藉作比较。

(例一)

观车利尼马戏记

(清　闵萃祥　作)

意大利优人车利尼所演马戏,颇著闻于外,尝两至上海,观者艳称焉。

丙午夏四月,余偶客于沪,适马戏至,遂往观之。戏所在虹口,结竹为屋。市券入,见铁槛车二,畜狮虎各三头。虎犹可见之物,狮则不恒见——其首类犬,色黄微黑,毛蒙茸覆面,项以下氁氁披拂,后半全类牛,惟尾端稍大,盖与图画相传五色斑斓者殊不类,而矫捷神骏之概,足与虎埒。其右立大象二,不加维系,以鼻取稻草,卷而上,舒而下,意若以为玩然。象旁卧一牛,色黑白相间,背肉坟起,若负赘瘤,或曰产印度,彼方之人所奉以为神者也。稍进有一木匣,网以铁丝,豢大蛇三,围皆尺许,盘互交结其中。余畏腥,掩鼻而过。忽鸣声嘤然,则数猿抱持相戏于柙。柙中有鸟二,长颈耸肩,两其足而不翮,盖鸵鸟也。马则或大或小,种类不一。

循览甫周,闻钟声自内出,客皆进。进为大圆庐,高约六丈,径可十余丈。中为圈,径四五丈,以木为阑,开其后为人马出入。阑之外,设椅为客座,分二等,阑之以布。又外累版,螺旋而上,迄乎庐之四周,客座之下者也。

坐定乐作,八骑并出。男女各四人,循圈驰,复一女驰而出,众马皆视其马首之东而东,西而西;或左旋,或右旋;忽而分,忽而合,磬控纵送,盘折疾徐,莫不与乐声相应和。乐止复作,一少女立高骢疾驰,距跃曲踊,作种种舞:时而若轻燕之两翅掠,时而若商羊之三足跳,时而若丽娟之随风举,时而若绿珠之从高坠,飘飘若飞仙,矫乎若游龙,迷离恍惚,渺乎其不可状。则有曳广帛,当驰道,马出于帛之下,女腾于帛之上,辄为诵工部"穿花蛱蝶,点水蜻蜓"之句,犹未足喻其灵妙也。则又有持竹圈阑其前,马驰自若也;女腾圈而过,立马背,驰自若也。嘻!神技矣哉!车利尼者,自牵两马小而骏,持长鞭左右麾,使之作人立,使之作狙伏,使之相对驰,相背驰,一前一后驰,参互交错,无不中节。

演良久,乃驱象出,先舁大木桶,覆置于圈之中,曳象登其上。以鞭指挥,则昂其鼻,举左右前后,足舒而向上;复以鸾铃系两足,乐作,则左右腾蹈,琅琅声随乐声为抑扬顿挫。曳而下,一象前行,一象耸身伏其背,蹒跚而入,象故庞然大,而态若稚,殊可爱玩。

最后开其前阖,数十人挽槛车进,则狮也。一人开槛之门,入而抚狮,狮张其口,其人以首探狮吻,狮呼呼作声。抚弄已,取板作鸿沟之画。挥一狮居槛之上,为壁上观,而使其二相对趋跃。又取烟火燃置板上,狮怒,冒火冲掷愈益奋。火息而跃止,忽若破钲掷地声,乃狮吼也。戏于是毕。

余以未见虎戏为不慊于心,有友语余,其演虎亦犹是云。

这篇记叙文写马戏的动作,可谓生动活跃,但是作者的态度并未将马戏视为一种社会里头的新闻现象,他只是随自己的意思描绘事实。原文对于读者,只能引起没有时间性或重要性的情景,只能作为副刊栏或者文艺栏的好材料,决难称为新闻文体。如将同样的材料改写为新闻文体,必先视马戏为一种新闻现象,从而加重其时间性、重要性、积极性,方为适宜。

(例二)

沪战之第一夜

(英文上海《泰晤士报》)

1月28日午夜将近,日军向闸北进攻。据日军方面消息,夜11时57分,日兵发第一弹,以回答华兵。日军进攻迅速,卒出不意,故在29日12时15分之前,即有两卡车,载所俘华兵,驶至陆战队司令之前矣。夜中闸北边界一带,机关枪声与来福枪声,怒鸣不已。日军第一大队与第二大队,已开始穿北四川路外之小街前进。枪声一鸣,伏于各处墙隅之兵,齐起直扑华兵卫守之地点,随手而下者数处,日兵之机关枪声与欢呼声相应和。日兵所掷之炸弹,炸弹力甚猛,北四川路一带之玻璃窗,受震多碎;遥想彼等所攻击之区域,受创必重,附近华人所蒙之损失,今犹无法估计之。

进攻之两大队,似皆以北车站为其目的物,第三大队亦在预备进攻中。第一大队由北四川路公立学校穿横街而进,与北宝山路商务印书馆附近之华兵交锋,另有若干人在陆战队司令部后与华兵接触。第二大队已在桃山咖啡馆附近奥迪安影戏院后出北四川路,两大队齐向铁路方面进发,攻入上海市义勇军防守之地。

28日夜11时30分,日水手与海军陆战队约一千名,铁甲车八辆,机关枪兵无数,炸弹兵数队同离北四川路海军陆战队司令部,埋伏于毗连华界之各地点,准备攻入华境,以鲛岛大尉指挥全军。将近午夜,各队沿北四川路络绎而进,以齐上刺刀五十人之小队数队,蹲伏租界边线之屋隅。另以人数更少之数队,潜入华境为斥堠,铁甲军分驻各地点,候令前发;医务队携舁床药囊,伺于左右;机关枪兵则在守候之各队前列作预备放。维时,北四川路之景象,俨如比国之佛兰特,所不同者,各队军官皆佩金柄之刀耳。

日军之欲占据中国土地也,租界中之日侨,早已喧传矣。故在各队由陆战队司令部出发以前,已有日侨民数百人,集于其地,纷向兵士欢呼。司令部垣内将士云集,成一大营。上海《泰晤士报》代表曾伫立司令部侧汽车间之屋顶,以观日兵之集队,舍该代表外,场中无一西人焉。

夜 11 时左右,第一次集队之军号声大鸣,时庭前屋内,所见皆兵;卡车之声,辘辘于途,满装全副战装之大队援兵飞驰而至。顷刻间,庭园为之人满,机关枪兵曳其武器,列于庭之中央,长行之来福枪兵,杂以手榴弹兵,络绎开入,广场之中有高台,上立海军参谋官两员,监视战士之会集,此时情状大类幻景,水兵纷自暗陬拥入,灯光照耀如白昼之广场。军官则踱步诸战士中,状殊闲适,维时只见钢盔颠动,绝不闻语声,即下士亦不向士兵作怒斥声,人人知其应处之地位而往就之,未及十五分钟,各组列队,皆立正待命。于是号角之声发自暗处,台上军官一员向众发言,语殊急迫,声殊壮厉,余侧之日译员低声语余曰:"彼乃谕告将士,当尽其责,非至急要,勿作无益之杀戮,非被击勿开枪,并祝众顺利。"言毕,全场寂然。于是有日本摄影师一队,开始镁光摄影,即闻砰砰炸声数次,众目暂为失明。继由台上另一军官向众勉励数言。于是号角之声又作,接以跑步之声。盖系泊浦江日军舰之援兵趋入场也,就位既定,旋有四上刺刀之兵,拥一持旭日旗之兵,步入亮处,于是闻尖锐之号令,宏壮之革履声,又见诸军官皆拔刀出鞘。台上之二军官,则注目于其手腕之时计。维时黑暗之一隅,忽大放光明,显出铁甲车多辆,左右皆立有战士,车作橘黄色,橘形穹顶之小门半启,一钢盔之首,由内外窥。俄而号令之声杂起,最前数行之战士,则跃登卡车。俄而机车轧轧,盖第一卡车发动矣。余车继之。但转瞬间卡车之机声,悉沉没于门外群众之狂呼声中矣。不十五分钟,广场为之一空,其间有一动人之短幕,试为纪之如下:一袖缀三 A 字之老于戎行者,忽自其队伍中趋出,向一少年奔去,既近其身,夺其手而紧握之,须臾,此灰色军服之矮汉,又狂奔归队。盖其队伍已出动矣。少年旋亦他去,此二人殆系昆季也。最后一辆之卡车,驶出广场,最后一队之水兵,开步出发时,《泰晤士报》代表亦离其地,时门外集有日平民一小群,而由人丛中挤出颇不易易,若辈每见卡车、铁甲车驶过,辄向欢呼;步行之队伍经过时,则向鼓掌而狂号。附近日人家皆启窗以观,其中有女子"沙约那拉"之呼声,与道中男子狂号之声相应和,水手与陆战队士兵,则皆挥手大笑以答之。五分钟后,卡车均驶抵指定之地点,战士纷由车上跃下。

尾随战士入北四川路冷静黑暗之区,摸索蛇行,以视若辈列阵,不啻握自己之生命于手掌,前进时,经过跪伏墙隅之许多队伍,行近始能见之,一稍不慎,即将践踏其身,盖处处有之也。忽墙隅枪刺齐竖,军官一员跃起,操日语问话不可辨,继出电炬照见为白人之面,乃复帖然。沿华界边线一带,满布此类匍伏之兵。铁甲车则一无所见,显已在步队之前驶入华界矣。但并未闻有枪声,仅寂静之中,充满杀气耳。发号之声,既不之闻,而军器亦不使稍作响动,日兵之行动,如黑夜之猫,异常谨慎。凡人数较多之队伍所驻处,辄放哨于前。哨兵若干,在午夜时确已潜入华界,其同志紧蹑于后,机关枪则居前列,以枪向外。《泰晤士报》代表旋乘汽车归,沿北四川路向租界中心进发,途中时遇日兵小队。直至苏州河始已,若辈擎枪巡逻,其状森严,如闸北边线一带潜伏之队伍焉。

这篇文章的内容,就新闻学的立场看去,它属于"特写的新闻记"(Feature News Story)一类,也就是代表的新闻文体(Journales)。我们将前面的一篇《观车利尼马戏记》和这篇文章比较一下,便可看出这一篇文章的题材,纯以"新闻现象"为主,所以称它为"报章文学"。

梁启超氏曾说:"近年以来,陈陈相接,惟上海、香港、广州三处,号称最盛(报馆),而其体例,无一足取。每一展读,大抵'沪滨冠盖''瀛眷南来''祝融肆虐''图窃不成''惊散鸳鸯''甘为情死'等字样,填塞纸面,千篇一律。甚乃如台湾之役,记刘永福之娘子军,团匪之变,演李秉冲之黄河阵,明目张胆,自欺欺人。观其论说,非'西学原出中国者',则'中国宜亟图富强论'也。展转抄袭,读之惟恐睡卧,以至报馆之兴数十年,而于全国社会,无纤毫之影响。"(见《清议报祝辞并论报馆之责任》)梁氏对于我国报纸的体例问题,可谓慨乎言之。到了今天,他的批评仍可适用,我们在今天,岂不是依然看见"大刀千柄,霍霍生光"的新闻记事吗?依然看见"大火中跳出模特儿"的新闻记事吗?讲到这里,我觉得纯正的报章文学,在我国是最需要的了。

原载《文学百题》,上海:生活书局,1935年7月。著名:谢六逸 著

论新感觉

我们初学作文的时候——小学或中学,总是想不出话来讲。因此,一开头就是"人生在世"啊,"人为万物之灵"啊的一套。

现在写小说的人也每每欢喜用这些句子:"心弦的颤动""似羽毛一样的雪片"等。像这些都不是好的,最好我们不要用它。其理由是:这些句子人人都会用,已经陈腐了,近于所谓滥调。

可是,不用这些又用什么呢?所以今天要把新感觉派的理论介绍给诸君。

新感觉派可以医治我们的一种病——陈腐、因袭的病,如要医治这种病,最好是先懂得新感觉派的理论,其次再欣赏他们的作品〔如法国保尔穆郎(Paul Morand)与日本的横光利一、川端康成等人的著作〕。无论写文章或小说,新感觉派的理论都可以供参考。

新感觉派注重"感觉"的装置与"表现"的技巧。

什么叫做"感觉的装置"?譬如说,你的座位旁有一束玫瑰花,花叶出了一种香气,他的"感觉"如何?普通感觉到的香而已。但是,有一种人,感觉特别灵敏的,他不单感觉到花的香,他已能由花而感觉到其他非常识的事物,这便是"感觉"的意思。各人所感觉的不同,各人都可以拣选最切适的字句,把这些字句装置起来,表现自己的感觉。

新感觉派是要用最适当的文字,将你所感觉的装置在文章里面。

再具体地加以说明,比如描写仆人把老爷的古董打碎了,老爷大发脾气。我们要描写这位老爷的大怒,难道仍旧要用"怒发冲冠"吗?滥调滥调,要是由我批分数,包你们吃"大鸡蛋"。我们必须借具体的动作来描写这种发怒的"形"以引起读者的感觉。所以与其用"怒发冲冠"等字句,不如说——

……香烟在老爷的手里捏碎了。

这句话里面没有一个怒字,但是捏碎香烟的"形",已是描绘"发怒"而有余,这时阅者所受到的感觉岂不较"怒发冲冠"为新鲜吗?

其次,表现的方法是最可注意的。譬如,我们要描写"大风吹帽子",在从前的八股先生怎样表现这事,我可不知道,但是在文豪们写来,也许一开篇说就摇笔直书:"大风能吹帽子乎?余不得而知也;大风不能吹帽子乎?余亦不得而知也……"像这样可以称为"表现"吗?这样的"表现"会发生效果吗?我想,知道描写的人,一定不这样写的。他们是要表现帽子被风吹的情态如何,用各种适宜的文字把大风吹帽子的情态表现出来。

我再举一个例来说明。

我们要表现走路的动作,而且是写一个女子的走动。"她走了!"用这样一句,表现女子走路的动作是够了,因为这里的"她"字,是写的"女"字偏旁,难道还不相信走路的是女人吗?但是,这种表现太普通、太平常了。倘使我们能够适宜地再加上几个字,便要不同,而且效果也很大。如果改作"她的脚走动了",便可由她的脚感觉到她的皮鞋、丝袜以及青年们求之不得的曲线美,等等。像这样,在若干字句中寻出顶适当再有效果的字句来用,这便是"表现的技巧"。

你们看,芥川龙之介的《鼻子》写得多么好呀!(这里要请注意,芥川氏不是新感觉派,不要弄错。)写一个和尚的鼻子长有五六寸,拖在脸的当中摆来摆去,这是很容易使读者受新鲜感觉的——

　　一说起禅智内供的鼻子,池尾地方是没有一个不知道的。长有五六寸,从上唇的上面直拖到下颊的下面去。形状是从顶到底,一样的粗细,简捷说,便是一条细长的香肠似的东西,在脸的中央拖着罢了。

这一只鼻子,如在我国的超等文豪们写来,一定是——

　　鼻位于脸的中部,有二孔焉,便于出气……

再看芥川氏的《罗生门》的开头,写着——

是一日的傍晚的事,有一个家将,在罗生门下待着雨住。

宽广的门底下,除了这男子以外,再没有别的谁。只在朱漆剥落的大的圆柱上,停着一匹的蟋蟀。这罗生门,既然在"朱雀大路"上,则这男子之外,总还该有两三个避雨的"市女笠"(妇人)和"揉乌帽子"(男人)的。然而除了这男子,却再没有别的谁。

你们注意加有旁圈的字句,都是作者要使他的表现有效果,有意锻炼而成的。试看这些:"傍晚""家将""雨住""朱漆剥落""圆柱""停着一匹蟋蟀",无不使人受到最深的印象。那"圆柱上停着一匹蟋蟀",难道作者芥川氏曾经到场检验过吗?中国的小说《水浒》里,作者施耐庵,写到景阳冈武松打虎一段,是不是武松对施耐庵说——

俺要打虎了,施先生!请你在旁一边看一边描写呀!

芥川氏描写的"鼻子"和罗生门,施耐庵的武松打虎,都是一种"表现的技巧",由这"表现的技巧",容易使读者受到新鲜的感觉;详细的情形,诸位可以仔细去读。我所要说的是他们用了许多适宜的字装置在作品里面,所以才能发生感觉的效果。

在新感觉派的作家,如果要描写一个走出理发店门外的和尚,就是这样写:

青色的和尚头在春风里荡漾。

这种感觉是不是新鲜呢？如果和普通的写法——"和尚走出门外了"，比较起来。

日本新感觉派的健将横光利一写百货商店里的情形，是这样的——

今天是昨天的连续。电梯继续着它的吐泻，飞入巧格力糖中的女人，潜进袜子中的女人，立襟女服和提袋。从阳伞的围墙中露出脸来的能子。化妆匣中的怀中镜，同肥皂的土墙相连的帽子柱。围绕手杖林的鹅绒枕头。竞子从早晨就在香水山中放荡了。人波一重重地流向钱袋和刀子的里面去。罐头的溪谷和靴子的断岩……

久慈捉着一群群进行过来的钞票，逃避竞子的视线……

此外的好例很多，举也举不完。

又如，"有人走下电车"，可以写作"电车吐出了许多乘客"。又如，等会我们散课之后，如果写课堂里的情状，可以说："大家都散了，课堂空了。"这是无有不可的，但却另有更好的方法："课堂里只有椅子抬起头来看着讲台。"这比前者更有感觉、更有技巧。但写信不妨用前者，写文章做小说却是后者为好。

我并不是提倡专在文字上做"咬嚼"的工夫,在思想方面,我们何尝不可作同样的锻炼。我们看西洋史时遇到了拿破仑,只看见他的伟大,许多小说家写拿破仑也只写他是个盖世的英雄。(托尔斯泰的《战争与和平》是例外)但在新感觉派的作家便不致于把他当作英雄看,也不会写到他的伟大。横光利一有一篇小说名叫《拿破仑与癣虫》,就是取材于拿破仑翁的,(这是我所爱读的日本新作家的短篇之一)我是读过五遍了。拿破仑的手平常是插在腹部的衣扣里面的。作者描写拿破仑的肚皮上面生了一块癣,所以把手放在里面抓痒。又写到拿破仑新婚后数日便去打俄国,是因为王妃憎恶他的病。这种题材也足以使阅者发生新鲜的感觉。

这里不过介绍新感觉派的大略,最好还是多看作品,可惜已经译成中文的不多。

我再补说一句,我并不主张专在文字上做工夫,而置思想于不顾。如果我们愿意打破陈腐与因袭,则新感觉派的理论实在是一种良药。

原载《现代文选》,上海:合众书店,1935年10月。署名:谢六逸

文艺界的统一国防战线

中国的文化界里面,恐怕要算文艺界的派别最复杂,问题顶繁多。加以"文人相轻,自古已然"而且"于今为烈"的缘故,"此亦一是非,彼亦一是非",论争纷纷,常常使人眼花缭乱、莫名其妙。在这种情形之下,我们要正确地认出中国文艺的发展的动向来,实在很不容易。

话虽如此,近几年来的中国文艺,却是有着一贯的动向的。这动向,并非任何文艺作者的意志所自由选定,而是现实的社会形势所决定的。近几年来的现实的社会形势,决定了怎样的文艺动向呢?那是:使文艺日渐替大众服务,为大众所有,而且由大众来运用。当大众在斗争中的时候,文艺就作为斗争的武器。适合这个动向的文艺,在这几年来就在大众的欢迎之中,发展得最迅速、最广大。其他的一切纠纷现象,不过都是别的反动文艺要阻遏这动向之际激发起来的浪花罢了。

中国的现实形势发展到现在,已经把全国大众在一条战线上统一起来了,这战线,就是救亡的民族革命战线。同时,今后中国文艺的动向,也被现实形势决定得更统一、更分明了。这就是,国防文艺的发展。

从今以后,文艺界的各种复杂派别都要消灭了,剩下的至多只有两派:一派是国防文艺,一派是汉奸文艺。从今以后,文艺上的各种繁多的问题,有了一种裁判的法律了,那就是国防文艺的标准。从今以后,"文人相轻"的条件,变成简单了,那就是,谁不参加救国运动,谁就可"轻"。

这并不是我个人的如意算盘,而是有具体的事实可以证明的。

"一·二八"四周[年]纪念的那一天,上海每周文学社征求了许多作家的意见发表出来(见那天的《时事新报》)。从那许多意见中,我们看出,现在的大多数的作家,虽然我们所处的社会地位和所有的个人利害,都相差很远,但他们的忧国之心和爱国之情,却是一致的;他们都表示着,不但共同站在一条战线上实践救国运动的可能,而且有绝对的必要。我们现在摘录几个作家的意见在下面。

谢六逸[①]

"一·二八"的国难我亲自领受,所以这四年以来,深深地印在我的心上。

---

①其他几位作家意见未收录。

"一·二八"淞沪之战是反抗帝国主义侵略的战争,也是民族光荣历史的一页。我国的作家没有将这种可贵的题材,写成功伟大的作品,这实是一件恨事。

在"一·二八"战役后,日本有一个通俗作家直木三十五(已故)曾经跑到庙行一带去实地视察,返国以后,写了一种通俗长篇,书名叫做《爆弹三勇士》,用意无非鼓动日本国民去做军国主义的牺牲品,影响是很大的。

我们是被压迫的民族,像这一类的题材,理应早经作家们采用,写成长篇小说或戏剧,然而并没有,到了今天试问我们的爆弹三勇士在什么地方呢?

"一·二八"已经到了四周年了,今后的文学界应做的工作,我们要详细反省一下。

原载《救亡言论集》,自印本,1938 年 1 月 1 日。署名:谢六逸

陈穆如《小说原理》序

小说没有一定不变的作法,也没有一定不变的理论。作法与理论,都应该在作品的本身里去寻觅。

但是,无论是小说家或者有志于文艺的人,对于小说的内容与形式,都非了解不可。如果能够在这许多著名的作品里,探究出小说的理论,这种工作,是很有价值的。

陈君穆如是一位笃学的人,他根据 Perry、Hamilton、木村毅诸氏的著作,写成了这一部《小说原理》,对于小说的内容、形式,都有详细的说明,并且还举了不少的例,我相信这本著作是很有用的。

写小说很难,会看小说也不容易。陈君的这本书,就是帮助他人怎样去看小说和怎样去写小说的。我极愿为他介绍于有志研究文艺的人。

谢六逸,1930 年 6 月 15 日,上海

陶良鹤《最新应用新闻学》序

复旦大学新闻学系从开办到现在已经有一年半的历史了。一年半以来,本系同学除埋头研究之外,常常在各种刊物上发表对于国内报纸改良的意见,这是我们引以为慰的。新闻教育事业在我国没有人注意,复旦新闻学系的同人和同学们却猛勇地着手建设,我们的前途是很可乐观的。我们培养新闻人材的目的,除了注重理论与实际两方面的工作而外,还须使他们成为一个新闻批评家;能够建设一种新 Journalism 的理论;对于目前国内的乌烟瘴气的报纸努力加以鞭策,然后才可以说达到新闻教育的最终目的。所以复旦大学的新闻学系,时时刻刻是依照这个目标前进的。

能自由而敏捷地写作,这是新闻记者必需的技能之一。国内的 Journalism 的理论,还在幼稚时代,我们极希望有人出来做一点介绍或创造的工作,使一般不学无术的记者们有书可读,使大众对于 Journalism 的意义能有相当的认识。陶君良鹤是一位笃学之士,对于新闻事业,抱着十二分的热诚。现在本研究的心得,著了这本小册子,虽然不是什么皇皇大著，但能简而扼要，我们不妨看作 Journalism 的理论建设的发端。我们不敢说陶君的书是完美的，可是他的热诚与毅力，不能不令人佩服，因为陶君还是一个青年，正在求知的时代，足以使上海的冒牌"名记者"流的堕落老年们愧死。因为他们故步自封，既没有容纳别人的良好意见的量，也不想求知，只是靠着一点浅薄的经验，紧紧地抱着他们的铁饭碗。我国的报纸之不能改良，这一般冒牌的"名记者"是不能卸责的。

我希望研究新闻学的青年，都能有陶君这样的勇气，大胆地写作，大胆地批评，使我国将来的报界能有一线生机。

谢六逸于复旦大学主任室

民国十九年十二月十五日

邹枋《三对爱人儿》序

读一本小说前,最好对于作者的情绪有深切的认识,这是真实的话。文学作品大多是要写到女性的。凡是充溢着感情的青年,他们不愿情绪敛着翅膀,软软地伏在理智的樊笼里,也不肯假意地笑,假意地哭。情爱间的互慰是青年们需要的。因为文学家的情感特殊地活跃,所以对于一切由女性中所投过来的悲哀容易伤感;一切所赠给你的喜悦,特别地去歌唱。

这本书便是这种情绪的流露。

同时,凡描写恋爱的作品,如果细心地依着线索去寻,很能找出一个典型的女性来。自然这又随着作者对女性的观念而不同。叔本华是厌恶女性的,他认女性是充满了嫉妒,一切的罪恶全由女性中表示出,《夏娃和蚊》的故事,确是对女性的写真。反之,歌德却颂扬着女性,女性的一切,全是美丽,如果你要颂扬熏风的温意,请你先听女性的柔语。

本书的作者呢,他只知道女性是可爱的,他不肯忘却自己的青春,他宝贵青春、珍惜青春。

这是作者自己青春的反映。

创造一个新的青春吧。

这便是作者七篇小说中所表达的情绪。从这种情绪里,一方是很天真地让她流露出来,正像作者个性的天真一般。同时,用着幽默的笔调、空灵的体裁、精炼的艺术手腕,创造出这样成功的作品。

《徒然草》的作者兼好法师说:"不懂恋爱的男子,好像玉杯没有了底。"本书的作者,可以说是有底的玉杯了。

谢六逸于上海

1931 年 3 月 9 日

郭箴一《少女之春》序

箴一女士的这本集子里,包含着十篇创作和一篇译文。

《牛背上的春天》写出田舍男女的调情和密约;《心闪》是一封情书,描绘恋爱心理;《褪了颜色的偶像》写霞君的悲愁,反衬出少女失恋的心情;《捉不住的憧憬》也是写恋爱的悔恨,《冲破重围》写志清拒绝小江的爱;《她竟……》写小主人爱怜小杏子,但又没有能力阻止他的恶父的毒手;《黄包车夫的报酬》写劳工的恋爱与苦斗;《新痕》写两个性格相反的少女;《云烟》写一个厌世而隐逸的女子;《破碎心弦弹出的忏悔哀词》写一个为运命所播弄的女子。

这十篇创作我最喜欢的是《牛背上的春天》,作者用她的天真朴挚的笔调,描绘五寿和巧云的恋爱。体裁是很简单的,人物只有一男一女,此外还有一匹水牛,但是作者却能用单调的题材,传达浓厚的情调。在文字方面,如果再加精炼,就是一篇最优美的作品,引在下面的句子,我以为可以代表作者的描写手腕。

五寿喜欢在坡上玩，一定还有别的好处，不然，怎么玩得连饭都懒于回去吃呢。柳树溪的水很清亮，照得见堤根边的树影子，照得见岸上走的人影子，以及横掠过水面的鸟影子。

一天，暮春的一天，树影里面添了一个人影，溪水立即打起浪圈，捶衣棒捶得水四面直溅，落在溪里像下的雨点子。

平常，五寿的耳朵顶不管事，他的爹骂他的时候，他以为是耳边风，不照。他的妈有时把喉咙喊破了喊他吃饭，他好半天才阴一声阳一声地答应一句。他的妈急得不耐烦了，望着五寿骂一句："是要弄一个媳妇管一管就好了的。"——说也奇怪，他一听见捶衣服的棒头声音，他的耳朵比兔子的还要精明。

五寿的心是棒，是石磴，是揉在石上的衣服，被人家任性地糟蹋，心血如潮样地想向着外面冲，正如捶衣的水点子。水点射在水面上变一个泡，泡一破完事。五寿的血射不出，闷在心里直炸。

他赌咒，做梦也不曾想到，曾经让他撒过野的巧云姐，会说出以后不理他的话。这简直是黑了半边天，是块大麻石平压上他的胸，逼得气越喘不出越要喘。眼睛都生了花，看不见洗衣的人，看不见白臂膊，只看见一团火在那儿烧，连自己的脸都给烤红了。

五寿念过《增广》,晓得顺口作些山歌教伙计们唱。他时常躺在牛背上唱:"人善被人欺,马善被人骑;外婆子来了四两肉,小姨子来了杀肥鸡。"这几句歌,他不会将"马"字改作"牛"字,是他的学问还不够,然而他是知道处世的法门了。所以他又知己又规矩,而心里并不老实。这一层五寿的爹妈没有看出,巧云的爹妈更没有看出,看出来的只有巧云。

巧云看出五寿的不老实,是在十天前的一个晚上。那时他自己放纵自己,现出打牛的蛮力气,五寿越撒野,她也就觉得晕眩而沉醉,总于大家闹得不能开交,造出了头次的伟大冒险事业。

以上所引的都是《牛背上的春天》一篇里的描写,以外如第十篇里的描写,充分表现女性的心情,这些只有让读者仔细去赏玩。

我国的女性作家,已经有几个成名的,篯一女士善于描写女性心理,她在国内的文坛里,应有相当的地位,所以我愿意替她介绍。

谢六逸识于复旦大学
1931 年 3 月 12 日

郭箴一《上海报纸改革论》序

有一天,我和上海某大报馆的经理先生谈话,我对他说:"你们的报馆已经有五十多年的历史了,为什么老是不进步,不想改革呢?"后来他就回答我下面的一席话。

我们何必改革呢。因为照向来的老样子已经能够赚钱,股东们可以多分利息,报馆同人到了年终可以分得两三个月薪金的红利,也就心满意足了。说到改革二字,谈何容易呢。万一改革之后,看报的人减少了,登载的广告减少了,那岂不倒霉吗?所以留学回来的新闻学家,我们不敢聘请。纵然聘用一两个,最高的限度是请他们在广告部办事。至于编辑部则绝对不敢任用一个懂得新闻学的人,因为怕他们一个不小心,要替我们报馆闯祸。现在我们的编辑部,都是在馆内做了四五十年的老先生。他们像钱庄里的学徒一样,非常忠实可靠。比方说,做钱庄学徒,从揩桌子、替师父盛饭等杂事做起,后来把珠算、挂账、看银色学会了,他们每天只知道埋头做事,做东家的乐得享福受用。假如钱庄里请了一位美国回来的银行学博士,他硬要把中式帐簿改为西式,那才要命呢。我们的报馆也和钱庄差不多,最怕的就是改革。即使要改革,也无非要多赚钱罢了。现在既然每年能够赚这么多的洋钿,还用得着改革吗?如果改革了,反而亏本,先生!你怎样呢?三一三十一,二一添作五,先生!弗是生意经呀!

我听了这一套伟论之后,我几乎要"窒息"了。我只有看着他头上戴着的瓜皮帽顶的红珠子,又注意到他的蓝缎狐皮袍外面罩着一件黑缎的小背心,背心左右两边的口袋里,横挂着黄金色的表链,表链上又叮叮当当吊着几个小金磅。于是我忽然想起一句幼时读过的古文来了:"呜呼噫嘻!"

但是我对于这位经理先生,依然是敬佩的。所以我又郑重地对他说——

现在上海的报纸,有几点是急需改革的。如果改革了,我想总不至于妨碍"赚钱"。就是,那些细而且长的广告——像蛔虫似的广告,能不能改排为其他的形式(如长方形的或方形)呢?那些某人将于某日出洋留学,他如何告别亲友的新闻地位,以及他的一方玉照的铜版,可不可以省下来,算入赚钱的总账之内呢?还有那些某某博士、某某硕士从外国回来,自称某某机关将大大的录用云云的新闻,你们收了他的广告费没有呢。假使没有收广告费的话,你们以后应该收广告费，也拿来算入赚钱的总账之内呀！又有那些强奸的新闻，万一非登载不可，只消用"某妇人被人凌辱"几个字就可以的，你们却需一"皮"的地位来描绘如何拉裤子、如何拒抗之类，当这种金贵银贱的时候，那一段外国纸和外国油墨，你们为什么不愿意节省呢？这也得算进赚钱的总账之内呀！像这几点，如果加以改革时，你们还怕"妨碍赚钱"，那么，最好是请一位 Golden Touch 来，把旧货摊上的别人看过用过的贵报都买进，再请他用手指一页一页的去"触"成金叶好了。

我还想和他谈谈什么是"综合编辑法"和"十三皮排版"的，但是时间已经不早了。

郭箴一女士这本《上海报纸改革论》，足以代表她个人对于"洋场"上海报纸改革的意见，有许多精辟的地方。我虽不想"赚钱"，但我也不愿意多费时间和这位经理先生夹缠不清。老实说，我是极愿意介绍这本书给他去仔细玩赏的。

这篇序文好像不大庄严，但是"实有其事"，引用的话，也是真确的。我想再做得庄严一点，那只有等待若干年之后，郭女士的第二本《上海报纸改革论》出版时了。

谢六逸于复旦大学主任室
1931年5月1日

杜邵文《新闻政策》序

"新闻政策"在国内向来没有听着人提起过,杜绍文君的这本著作,可说是"破天荒"了。

"新闻"本无所谓政策,自欧洲大战以后,帝国主义为要达到他们的侵略的目的,便利用新闻政策,对外宣传于己有利的消息。例如台湾生番抗日事件,其真象如何,日本的通讯社如联合、电通等决不肯发表。印度反抗英国的真象,同样地也不会由路透社传达出来。像这样的颠倒是非,已失掉"报道正确"的意义了。这就是帝国主义利用"新闻政策"的错误,站在新闻的立场上,我们对于这种所谓"新闻政策",是应该加以摒弃的。

但是,在社会主义的国家,号称以党治国的,更有非利用"新闻政策"不可的趋势。如像苏俄就是其例。苏俄的道斯通讯社(T. A. S. S)总揽全联邦的通讯权,凡是从国外传进、由国内传出的消息,都非经过道斯的总机关不可,所以一切消息都是对于苏俄有利、对于与苏俄地位相同的国家有利的。如站在新闻的立场上,则这种"新闻政策",也有可以怀疑之处。

在我国的现在情状之下,究竟应该用"新闻政策"与否?这实在是一个大可注意的问题。离开"新闻政策"不讲,既然以党治国,则为要防御别人的"反宣传",为要把本国的真实情形公平正确地传达于国际间,"新闻政策"又似乎不可缺少。所恐惧的就是万一自己的真实情形,不能公平正确地报告他人,非加以掩饰不可时,那么,所谓"新闻政策",也成为一桩苦事了。

现在我们对于"新闻政策"的是非,是应该讨论的;同时对于如何正确地运用"新闻政策",也应该注意。杜绍文君研究"新闻政策",颇有心得,他的这本著作,对于前面的两点,必有很大的贡献,我乐意为他介绍。

谢六逸于复旦大学
[民国]二十年五月一日

郭步陶《编辑与评论》序

郭步陶先生编好《编辑与评论》,他把原稿送给我看,要我写一篇序。我想自家对于新闻学,不过如像一个"玩票"的人,虽然看了郭先生的大作,未必能够说出什么道理来。现在所能说的,只是我的"读后感"罢了。

我国报纸的历史,比较日本要早若干年,可是新闻学的著作却没有几本,这是什么原故呢?最主要的原因,不外是新闻记者不肯把"新闻"当一种"学问"看,更谈不上破费一些时光来研究这一种学问了。在这种状况之下,要依靠记者先生们用自己经验学识写一两部著作出来,当然是很困难的。

现在步陶先生的《编辑与评论》出版,国内始有一部讲述"编辑"与"评论"的专著,而且是著者十多年来的研究与经验的结晶,所以更加可贵。原书第一编里讲到编辑方法的地方,著者提出了"综合方法"的问题,与简单的、繁琐的方法并论,著者的理论已经促进上海各报的改善,影响甚大。第二编第五章专究评论的作法,著者将作法分为六种，完全就自己的经验立说，非空泛的理论可比。总之，全书的一字一句都是著者服务报馆的体验，就是我国新闻记者用自己的经验学识写出来的第一部杰作。

"编辑"工作占整个报馆工作的大部分；"评论"又是报纸的灵魂。凡是研究新闻学或服务报馆的人都非具备这些知识不可，郭先生的著作对于我国报界和新闻教育界真是一种极大的惠赐。

1933 年 3 月 27 日
谢六逸于复旦大学

管照微《新闻学论集》序

现在的交通机关日益进步，大家知道飞机、火车、轮船是交通的利器，但却忘记报纸也是利器之一，办报的人没有使它的职能充分发展。

我国的报纸虽有几十年的历史，然而到现在，多数报纸的内容腐败如故，新闻记者的麻木如故，这是什么道理呢？主要的原因就是我国只有"办"报的人和"看"报的人，缺少"批判"报纸的人和"研究"报纸的人。所以尽管"办"报几十年，尽管"看"报几十年，而报纸的"办法"和"看法"依然是老不变更，这样下去，报纸的社会的"交通机关"的职能自然无由施展了。

想使国内的报纸能够改良进步，唯一的方法是先要树立新兴的新闻学理论，然复依照理论以求改革，浅薄的经验只能处理日常的事物。更具体地说，新闻学的理论与技能必须努力研究，如尽量介绍国外关于新闻学的知识便是一种方法。

国内近年出版了不少书籍，可是新闻学的著作极少。管照微君搜集各种刊物上的新闻学著作，编为一册，既便阅览，又使散漫的文章有组织有系统，在我个人看来，不能不说是一种有意义的工作了。

谢六逸于复旦大学
1933年4月16日

严沅芷《现代青年成功之路》序

处于现在这样的一个时代里,每个人都感觉到做人的不易、处世的困难,应该如何地立身处世的问题,实在是一桩煞费踌躇的事,尤其是青年们,他们既缺乏社会经验,又没有充分的学识,如果,贸贸然地怀着满腔的希望,披身而入社会中去服务,那么,他们不俱要不被社会所容纳,并且,也将为社会所遗弃、所虐待的,因此,我们可以时常见得大部分的青年,一离开了家庭,或是出了学校的门以后,便都是彷徨歧路,手足无所措了的。

"如何才能获得成功的酬报?"这是在现在社会中为一般青年所日夜憧憬的一个问题,然而这决不是能够三言两语简单地答复的,因为青年的一切切身问题,可说是多得不可胜数,而问题与问题之间,亦自有其相互的连系性存在。我们若是要走上成功之路,那么,本书所列的诸种问题,自当需要迫切切地解决的。

自然,青年期是人生最宝贵的一段,但也是人生的本身修养时期,譬如建筑房屋,必先置础竖柱,先把基础弄得稳固一点了的,那么,一个人的前途要想把他弄得光明灿烂,势所必然地应该先把自己本身加以修养与训练,这种修养与训练,不仅是德性的修养、学识的增进、身体的锻炼、思想的训练而已,并且还应该注意到青年的切身诸问题,如读书问题、婚姻问题、恋爱问题、职业问题,等等,都应该有一个正确的见解,然后根据这个正确的见解去处理本身的诸般问题,就可以迎刃而解、左右逢源了。

严子持此编原稿给我看,一定要我写篇序,当我翻阅了他的原稿后,我觉得这样的一种书籍,非但是青年的一种必读书籍,并且也是这个时代里面人人必读之书,更何况选辑的眼光正确,又复选辑得范围很广,总之,凡是青年的一切疑难,只要读了这本书以后,便可以深切解决了的。

谢六宏逸于江湾

1935 年 9 月

郭步陶《评论作法》序

初期的报纸，只重意见而不重消息，现代报纸则以意见、消息二者并重，看报的人不仅以知道消息为满足，同时对于报纸的社论、评论也同样注意。晚近新闻采访编辑的技术，较之以前进步甚速，发表消息，彼此不肯示弱，往往甲报有此重要消息，乙报也可以得到。但评论与消息不同，一报有一报的立场，言论彼此不一致；执笔写评论的人，各报也不相同，各报评论的风格，各有特征，因此评论实为报纸的灵魂。

指导评论写作，以前没有专著。有之，从郭步陶先生的《编辑与评论》（商务印书馆出版）始。现在，郭先生又将他在复旦大学的《评论作法》讲稿付印出版。内容系将评论文字分析的研究举例说明，不厌求详，每章后附有各种问题，俾学者多有练习的机会，更为本书的特色。郭先生为评论文字指示一条路径，让大家依照他的方法去做，这是我们应当感谢的！

谢六逸谨识
[民国]二十五年十一月十六日

吴秋山《茶墅小品》序

从前读日本俳人荻原井泉水氏的《花鸟小品》,甚为爱好。最近得读秋山的《茶墅小品》,不期在国内也有和荻原的风格类似的作家,如得一大发现,令人欣慰。

秋山的小品文,静雅冲淡如其为人,对平凡的事物,观察得很精细。集中所搜《稻香村》《西湖的蓴菜》《蟋蟀》《荔枝》《鲫鱼》诸篇,题材极平凡,人人能写,但别人写来,不是肤浅,就是酸俗。秋山的文学修养甚为湛深,他的文笔,近于"风流"一类,读了令人俗气全消,如看雨后的新绿,感觉愉快。我个人的感想如此,读者谅有同感吧!

[民国]二十六年四月十七日

谢六逸

陈国钧《贵州苗夷歌谣》序

歌谣的产生远在上古时代,这是文学史家所公认的。经过旧石器、新石器、青铜器诸时代,歌谣的内容和形式始渐次完成。不过在远古时代,歌谣全靠口传,那时我们祖先的记号工具还没有完成,因此没有完全流传下来。

我国最早的歌谣,现在认为真实可靠的,都在一部《诗经》里面。早于《诗经》的歌谣,就是那些称为"古逸诗"的,它们的真确性至今还有问题。冯惟讷的《诗纪》前集十卷搜罗《诗经》以前的诗数十首,认为是神农黄帝以迄周朝初年的歌谣,但已有崔东壁等人考订是伪托之作,不能认为是真确的了。

《诗经》以外的歌谣,有清代郝懿行编的《诗经拾遗》一卷,内容也很贫弱。此外见于古籍中的歌谣,其本身又近似一种格言或谚语,且多残缺,难于诗句中窥探先民的生活,这是我们常引为遗憾的。

歌谣的本身无异于民间文化的储蓄所,民俗学家、文学家、历史家都重视它的价值,以它为研究的资料。如果我们今日要寻觅各地的民间歌谣,只有在各省府县志里面,可以看见一部分,可惜又是零滥断陋，不完不备甚或经过多次删改，失去本来的面目。要想拿来当作研究的资料，还是不彀。

到了民国七年二月，北京大学的一部分师生，设立了征集歌谣的机关，公布"征集全国近世歌谣"，简章十条，可说是我国征集歌谣最有力量的组织。当时他们拟定陆续出版《中国近世歌谣集编》《中国近世歌谣选粹》等书，发行《歌谣周刊》，搜集了歌谣谚语已达两万多首，还编了好几种丛书。计有歌谣丛书八种、歌谣小丛书四种。如果此种工作继续到现在，那么我国歌谣搜集的成绩可说很有可观了。其后广州中山大学、中央语言历史研究所、民俗学会等学术机关也尝注意及此，出版了几十种关于歌谣的书籍，但后来也不见继续刊行。自此以后，国内的学术团体或个人，对于民间歌谣的采集与研究，一时不免有冷落之感。

大夏大学自民国二十六年迁到贵阳以后，即设立"社会研究部"，从事于贵州省苗夷的文物研究与生活状况调查。数年以来，始终为此项工作努力的，陈国钧先生就是其中的一位。陈先生对于调查与搜集的工作，不辞辛劳；这一部歌谣集就是陈先生费了许多心血搜集而来的。此集出版以后，贵州苗夷族的歌谣始有定本。我们翻开来一看，其中无一首不是天籁。我们很庆幸，中国的民间文艺从此又增加了一种宝贵的资料。我想：凡是对于民间文艺感觉兴趣的人，都得对陈先生的这种工作表示敬意。

民国三十一年青年节

谢六逸题于贵阳

人名索引

Hamilton 179；哈米尔顿(Clayton Hamilton) 106/克莱顿·汉密尔顿

Perry 179；柏利(Bliss Perry) 106/布利斯·佩里

阿尔姆维斯特(Almwist) 127/阿尔姆克维斯特

阿林(Arnim) 125/阿尔尼姆

安兑生(Anderson) 128/安徒生

安特来夫 133/安德列耶夫

奥格司特(August.S) 125；弗利德尼克 124、125/奥古斯特·威廉·冯·施莱格尔

柏拉图(Plato) 29、39

拜仑 118、119、124、126/拜伦

保尔穆郎(Paul Morand) 170/保罗·莫朗

贝洛尔 84/夏尔·佩罗

彼得大帝 126/彼得一世

波尼 120/路德维希·伯尔内

布兰兑斯 119、121、122；布兰特斯 84/勃兰兑斯

布朗 84

布纳特 76

曹孟德 46/曹操

柴霍夫 144/契诃夫

柴马沙斯 136/柴玛萨斯

车利尼 162、163、168/朱塞佩·车利尼

陈国钧 63、200、201

陈穆如 129、179

陈望道 88

陈子龙 33

川端康成 170

崔东璧 200

邓尼斯 65/斐迪南·滕尼斯

迪克 118、124、125/路德维希·蒂克

迪司拉尼（Disraeli）124/本杰明·迪斯雷利

荻原井泉水 199

迭屈耳 84

东条英机 75

董仲舒 46

杜甫 40

杜绍文 190、191

恩格勒 101

费希特 125/约翰·戈特利布·费希特

冯惟讷 200

弗劳贝 108、154/福楼拜

傅尔巴哈 120/费尔巴哈

高梯兰 122/泰奥菲尔·戈蒂埃

哥德 116、122、124、125、126/歌德

哥姆爵士 83/乔治·劳伦斯·高莫

格林姆兄弟 84/格林兄弟

苟尔 127

古德斯密 117/奥利弗·哥尔德斯密斯

古兹哥 120、125/卡尔·费迪南德·古茨科

顾维钧 157

关云长 131/关羽

管照微 194

归有光 162

郭步陶 192、198

郭箴一 184、187、189

国木田独步 135、142

哈米尔登 158/亚历山大·汉密尔顿

海勒 120/海因里希·海涅

韩昌黎 35/韩愈

郝懿行 200

赫智儿 125/黑格尔

鹤见祐辅 156、

横光利一 170、174、175

洪都百炼生 146/刘鹗

胡适之 89；胡适 163/胡适

华尔兹 92

华盛顿 158/乔治·华盛顿

黄山谷 36/黄庭坚

加萨林女皇 126/叶卡捷琳娜二世·阿列克谢耶芙娜

加藤武雄 142

芥川龙之介 111、134、137、141、144、150、172、178

久米正雄 108、111

菊池宽 108、109、111、112、132

卡拉琼(N. Karamzin) 126/卡拉姆津(Nikolai Mikhailovich Karamzin)

考贝(W. Cowper) 123/威廉·柯珀(William Cowper)

克莱斯特 125/海因里希·冯·克莱斯特

克劳孚 107

孔安国 43

孔子 28、32、36、40、42、43、44、45、46、47

拉凯尔 36/弗里德里希·吕克特

拉玛丁 119、122、126/拉马丁

拉门纳司 119/拉梅内

劳伯 125/劳贝

犁弥 32

李秉冲 168

李自成 46

梁启超 168

列宁(Lenin) 158

林格 127

刘永福 168

娄蒙夺夫(Lermontv) 127/莱蒙托夫

卢骚 119、120、121、122、126；鲁骚 100/卢梭

鲁定公 32

鲁迅 104

路卜洵 152

路格 120

洛弗尼斯 118/诺瓦利斯

洛尼 125/洛里哀

玛若尼 128/曼佐尼

梅特涅 125/克莱门斯·梅特涅

闵萃祥 162

缪塞 119、122

莫泊三 107、131、133、134、141、143/莫泊桑

莫尔顿 15/理查德·格林·莫尔顿

木村毅 179

拿破仑 122、158、175

尼敦(Lytton) 124/爱德华·鲍尔·李顿

尼佳特孙 121/塞缪尔·理查逊

牛弘 64

培成(W. Besant) 107/沃尔特·贝赞特(Walter Besant)

片冈铁兵 108

平林タイ子 153

坪内逍遥 119

普鲁奈梯尔 115、120/费迪南·布吕纳介

普希金(Pushkin) 126

齐景公 32

千叶龟雄 160

乾姆司 107/亨利·詹姆斯

乔治·勃司登 66

秦穆公 29

却妥卜尼南 118、121、122/夏多布里昂

撒特 119

塞拉古尔(Senancour) 122/塞南库尔

圣皮尔(Saint-Pierre) 121/贝尔纳丹·德·圣皮埃尔

施耐庵 148、173

史屈林堡 114/斯特林堡

司但达尔 116/斯丹达尔

司蒂芬生 135/詹姆斯·斯蒂芬斯

司各德 84、118、123、124、126、128/司各特

司可夫斯基(Zhkovsky) 126/茹科夫斯基

司勒格儿 118、124/弗里德里希·冯·施莱格尔

司马光 43

司马桓魋 32

司台尔夫人(Stael) 122、124/斯达尔夫人

司梯芬(Steffens) 127/施特芬斯

苏格拉底(Socrates) 39

孙中山 47、100

泰来夏甫 139/捷列绍夫

泰衣纳 127/埃萨亚斯·泰格纳尔

泰因 28/伊波利特·阿道尔夫·丹纳

谭友夏 87

汤蒙生(D. G, Thompson) 107、117

陶良鹤 180

屠格涅夫 138

托尔斯泰 28、108、114、139、140、142、145、151、155、175

瓦尔波儿 117/霍勒斯·沃波尔

王充 43

王瑶卿 3

韦尔兹 94

维吉耶 126

维南特 124

翁森 37

吴秋山 199

吴泽霖 58

伍朝枢 157

习斋 37;颜习斋 36/颜习斋

席勒 29;徐勒 126/席勒

显克微支 136/亨利克·显克维支

萧伯讷 112/萧伯纳

小岛政二郎 108

徐林 125/弗里德里希·谢林

许俄 119、122、123、125/雨果

亚里士多德(Aristotle) 28

亚历山大仲马 123/大仲马

严沅芷 196

颜惠庆 157

颜渊 78

耶稣(Jesus) 1、19、20、90

伊林 10

易安居士 64/李清照

袁枚 162

袁中郎 87/袁宏道

赞克斯 22

张献忠 46

张之洞 42

贞德 112

直木三十五 108、178

志贺直哉 153

重耳 29/晋文公

子贡 43

子路 36

邹枋 182

左拉 108

左藤春夫 108

谢六逸全集总目

一、(北京)《晨报·副刊》

1.《文艺思潮漫谈:浪漫主义同自然主义的比较观》(未完),谢麓逸,1919.7.30

2.《文艺思潮漫谈:浪漫主义同自然主义的比较观》(续一),谢麓逸,1919.7.31

3.《文艺思潮漫谈:浪漫主义同自然主义的比较观》(续二),谢麓逸,1919.8.1

4.《文艺思潮漫谈:浪漫主义同自然主义的比较观》(续三),谢麓逸,1919.8.2

5.《文艺思潮漫谈:浪漫主义同自然主义的比较观》(续完),谢麓逸,1919.8.3

6.《长期流刑》(未完),[俄]托尔斯泰著、谢麓逸译,1919.10.19

7.《长期流刑》(续一),[俄]托尔斯泰著、谢麓逸译,1919.10.20

8.《长期流刑》(续完),[俄]托尔斯泰著、谢麓逸译,1919.10.21

9.《归来》,[俄]L.Andreyev 著、古筑谢六逸译,1920.11.06

二、《神州日报》

10.《平民教育谈》,宏图,1919.11.10

三、《新中国》

11.《欧美各国的改造问题》(未完),谢六逸译,1920年第2卷第2期

12.《欧美各国的改造问题》(续完),谢六逸译,1920年第2卷第3期

13.《妇人问题与近代文学》,谢六逸,1920年5月第2卷第5期

四、《时事新报·学灯》

14.《挽二老卒》,谢六逸,1921.10.8

15.《在维吉尼纳森林中迷途:译惠特曼诗自〈草叶集〉》,[美]惠特曼著、谢六逸译,1920.10.9

16.《平民诗人》(未完),谢六逸译,1921.11.5

17.《平民诗人》(续一),谢六逸译,1921.11.6

18.《平民诗人》(续完),谢六逸译,1921.11.11

19.《诗人之力》,[日]千家元麿著、谢六逸译,1920.11.25

20.《未来派的诗》,六逸,1921.12.17

21.《柴霍夫生祭感言》,谢六逸,1922.1.17

22.《新诗的话》(未完),路易译述,1922.2.9

23.《新诗的话》(续一),路易译述,1922.2.13

24.《新诗的话》(续完),路易译述,1922.2.18

25.《诗人之梦》,[日]白鸟省吾作、路易译,1922.2.18

26.《对于戏剧家的希望》,路易,1922.2.27

27.《郭果尔与其作品》,路易,1922.3.4

28.《文化与出版物》,谢六逸,1922.3.17

29.《歌德纪念杂感》,谢六逸,1922.3.23

五、《小说月报》

30.《古墅女郎》,[国别不明]Welliam T. Cork 著,谢麓逸原译、瞻庐,1918 年第 9 卷第 10 号

31.《自然派小说》,谢六逸,1920 年第 11 卷第 11 号

32.《文学上的表象主义是什么?》(未完),谢六逸辑,1920 年第 11 卷第 5 号

33.《文学上的表象主义是什么?》(续完),谢六逸辑,1920 年第 11 卷第 6 号

34.《俄国之民众小说家》,谢六逸,1920 年第 11 卷第 8 号

35.《屠格涅甫传略》,谢六逸,1922 年第 13 卷第 3 号

36.《西洋小说发达史:一、绪言》,谢六逸,1922 年第 13 卷第 11 号(后结集为《西洋小说发达史》)

37.《西洋小说发达史:二、小说发达之经过》,谢六逸,1922 年第

13卷第2号(后结集为《西洋小说发达史》)

38.《西洋小说发达史:三、罗曼主义时代》,谢六逸,1922年第13卷第3号(后结集为《西洋小说发达史》)

39.《西洋小说发达史:四、自然主义时代(上)》,谢六逸,1922年第13卷第5号(后结集为《西洋小说发达史》)

40.《通信:自然主义的论战》(谢六逸答郭国勋),六逸,1922年第13卷第5号

41.《西洋小说发达史:五、自然主义时代(中)》,谢六逸,1922年第13卷第6号(后结集为《西洋小说发达史》)

42.《通信:自然主义的怀疑与解答》(谢六逸答王锴鸣),六逸,1922年第13卷第6号

43.《西洋小说发达史:六、自然主义时代(下)》,谢六逸,1922年第13卷第7号(后结集为《西洋小说发达史》)

44.《西洋小说发达史:七、自然主义以后》,谢六逸,1922年第13卷第7号(后结集为《西洋小说发达史》)

45.《近代日本文学》(未完),谢六逸,1923年第14卷第11号

46.《近代日本文学》(续完),谢六逸,1923年第14卷第12号

47.《法兰西近代文学》(译自《日本近代文艺十二讲》),谢六逸译,1924年4月第15卷号外《法国文学研究》

48.《龚枯儿兄弟》,宏徒,1927年第18卷第1号(后收入《文坛逸话》)

49.《文豪所得的稿费》,宏徒,1927第18卷第1号(后收入《文

坛逸话》)

50.《沉钟》,[德]霍普特曼著、谢六逸译,1927年18卷1号(后收入《水沫集》)

51.《普希金的决斗》,宏徒,1927年第18卷第2号(后收入《文坛逸话》)

52.《托尔斯泰与二十八》,宏徒,1927年第18卷第2号(后收入《文坛逸话》)

53.《小儿的啼声》,宏徒,1927年第18卷第2号(后收入《文坛逸话》)

54.《复活》,[俄]托尔斯泰著、谢六逸译,1927年18卷第2号(后收入《水沫集》)

55.《马克·吐温的领带》,宏徒,1927年第18卷第2号(后收入《文坛逸话》)

56.《金丸药与纸丸药》,宏徒,1927年第18卷第3号(后收入《文坛逸话》)

57.《诗人雪莱》,宏徒,1927年第18卷第3号(后收入《文坛逸话》)

58.《阿那托尔·法郎士不受人拍》,宏徒,1927年第18卷第3号(后收入《文坛逸话》)

59.《兰勃兄妹的苦运》,宏徒,1927年第18卷第3号(后收入《文坛逸话》)

60.《日本传说十种》(附解说),谢六逸,1927第18卷第4号(后收入《海外传说集》)

61.《暴虐狂与受虐狂》,宏徒,1927年第18卷第4号(后收入《文坛逸话》)

62.《死刑台上的杜思退益夫斯基》,宏徒,1927年第18卷第4号(后收入《文坛逸话》)

63.《贫穷问答歌:自〈万叶集〉》,谢六逸译,1927年第18卷第4号

64.《十返舍·一九之滑稽》,宏徒,1927年第18卷第4号(后收入《文坛逸话》)

65.《鲍特莱尔的奇癖》,宏徒,1927年第18卷第5号(后收入《文坛逸话》)

66.《屠格涅夫轶事》,宏徒,1927年第18卷第5号(后收入《文坛逸话》)

67.《南方熊楠这人》,宏徒,1927年第18卷第5号(后收入《文坛逸话》)

68.《日本狂言:自杀(原名〈缣腹〉)》,谢六逸译,1927年第18卷第5号(在《日本文学》《日本文学史》《日本之文学》中均收入)

69.《日本狂言:鬼的义儿》,谢六逸译,1927年第18卷第5号(在《日本文学》《日本文学史》《日本之文学》中均收入)

70.《勃兰特》,宏徒,1927年第18卷第6号(后收入《文坛逸话》)

71.《痛骂男女关系者》,宏徒,1927年18卷6号(后收入《文坛逸话》)

72.《狄更司唱"莲花落"》,宏徒,1927年第18卷第6号(后收入《文坛逸话》)

73.《〈罗马人的行迹〉选译》,谢六逸,1927年第18卷第6号

74.《史特林堡与妇人》,宏徒,1927年第18卷第6号(后收入《文坛逸话》)

75.《华盛顿欧文的家》,宏徒,1927年第18卷第8号(后收入《文坛逸话》)

76.《巴尔札克的想象力》,宏徒,1927年第18卷第8号(后收入《文坛逸话》)

77.《哥德的晚年》,宏徒,1927年第18卷第8号(后收入《文坛逸话》)

78.《巴尔扎克的收入计划》,宏徒,1927年第18卷第8号(后收入《文坛逸话》)

79.《诗人与小鸟》,宏徒,1927年第18卷第8号(后收入《文坛逸话》)

80.《阿富的贞操》,谢六逸,1927年第18卷第9号(后收入《接吻》)

81.《芥川龙之介小品四种》(《尾生的信》《女体》《英雄之器》《黄粱梦》),谢六逸译,1927第18卷第9号(后收入《近代日本小品文选》)

82.《隽语集》,宏徒译,1927年第18卷第9号

83.《唤妻房的男人》,[日]薄田泣堇著,谢六逸译,1927第18卷第11号(后收入《近代日本小品文选》)

84.《接吻》,[日]加藤武雄著、谢六逸译,1927年第18卷第12号(后收入《接吻》)

85.《爱犬故事》,[日]加藤武雄著、谢六逸译,1928年第19卷第1号(后收入《接吻》)

86.《猫的墓》,[日]夏目漱石著、谢六逸译,1928年第19卷第1号(后收入《近代日本小品文选》)

87.《火钵》,[日]夏目漱石著、谢六逸译,1928年第19卷第1号(后收入《近代日本小品文选》)

88.《我也不知道》,[日]武者小路实笃著、谢六逸译,1928年第19卷第2号(后收入《接吻》)

89.《讲谈》,谢六逸,1929年第20卷第1号

90.《三等车》,谢六逸,1929年第20卷第2号

91.《二十年来的日本文学》,谢六逸,1929年第20卷第7号

92.《日本文坛又弱两个》,宏徒,1930第21卷第7—12号

93.《国外文坛消息:苏俄刊行日本古典文学集》,谢宏徒,1931年第22卷第7号

六、《东方杂志》

94.《社会改造运动与文艺》,谢六逸,1920年第17卷第8号

95.《新年的梦想》,谢六逸,1933年第30卷第1号

96.《在夹板中的随笔:战时的街沿、半夜的来客》,谢六逸,1933年第30卷第1号

97.《教书与读书》,谢六逸,1935年第32卷第1号

七、(上海)《文学旬刊》、《文学》、《文学周报》

98.《小说作法》(未完),六逸,《文学旬刊》(以下同),1921年第16号

99.《小说作法:(二)表现上的方法》(续完),六逸,1921年第17号

100.《平民诗人惠特曼》,六逸,1922年第28期(后收入《水沫集》)

101.《文学与民众》,路易,1922年第29期

102.《我为什么创作呢?》,[日]长与善郎著、谢六逸译,1922年第32期

103.《文学之要素(上)》,路易,1922年第37期

104.《精神分析学与文艺(一)》,[日]松村武雄著、路易译,1922年第57期(后收入《文艺与性爱》)

105.《精神分析学与文艺(二)》,[日]松村武雄著、路易译,1922年第58期(后收入《文艺与性爱》)

106.《精神分析学与文艺(三)》(一之续),[日]松村武雄著、路易译,1922年第59期(后收入《文艺与性爱》)

107.《精神分析学与文艺(四)》(二之续),[日]松村武雄著、路易译,1923年第60期(后收入《文艺与性爱》)

108.《精神分析学与文艺(五)》,[日]松村武雄著、路易译,1923年第61期(后收入《文艺与性爱》)

109.《精神分析学与文艺(六)》,[日]松村武雄著、路易译,1923年第62期(后收入《文艺与性爱》)

110.《精神分析学与文艺(七)》,[日]松村武雄著、路易译,1923年第64期(后收入《文艺与性爱》)

111.《精神分析学与文艺(八)》,[日]松村武雄著、路易译,1923年第66期(后收入《文艺与性爱》)

112.《精神分析学与文艺(九)》,[日]松村武雄著、路易译,1923年第68期(后收入《文艺与性爱》)

113.《精神分析学与文艺(十)》,[日]松村武雄著、路易译,1923年第71期(后收入《文艺与性爱》)

114.《文学之分类》,路易,1923年第61期

115.《卑劣作品》,何宏图,1923年第61期

116.《通信:关于小说的定义》(答严敦易),谢六逸,1923年第62期

117.《通信:六逸复沈振寰、魏亦波、赵景深诸先生,六逸复粲布先生,征求刊物启事》,谢六逸,1923年第62期

118.《杂谭:现在需要的小说杂志》,谢路易,1923年第63期

119.《介绍新刊:赵景深编译的〈乐园〉,[印度]泰戈尔著、郑振铎译的〈飞鸟集〉》,路,1923年第63期

120.《介绍新刊:〈小说月报〉第14卷第1号,玫瑰社编辑、民智书局发行的〈心潮〉》,路,1923年第64期

121.《通信:答W.T.先生》,六逸,1923年第65期

122.《杂谭:汉诗英译》,路易,1923年第66期

123.《杂谭:文学概论教本》,路易,1923年第66期

124.《战争与文学》,路易译,1923年第67期

125.《文学艺术大纲》,路,1923 年第 71 期

126.《批评家"卡莱尔"》,六逸,1923 年第 71 期

127.《杂感:人说现在没有批评家》,何宏图,1923 年第 75 期

128.《谈戏剧》,路易,《文学》(原《文学旬刊》,以下同),1923 年第 83 期

129.《H 与其友人》(未完),路易,1923 年第 86 期(后改名《往事》,收入《水沫集》)

130.《H 与其友人》(续完),路易,1923 年第 88 期(后改名《往事》,收入《水沫集》)

131.《杂谈:这次仿佛是 Gaia 神的愤怒》,路译,1923 年第 94 期

132.《童谣二首》,[英]Johnson 作、[英]C. G. Rossetti 作,谢六逸译,1923 年第 100 期

133.《杂感:儿童文学》,六逸,1924 年第 104 期

134.《杂谭:很妙的〈短片小说之研究〉》(未完),毅,1924 年第 117 期

135.《杂感:日本文学家的恋爱狂》,毅,1924 年第 118 期

136.《五月雨的诗趣》,[日]近松秋江著、六逸译,1924 第 123 期(后改名《梅雨》,收入《范某的犯罪》)

137.《杂感:妙文一瞥》,宏图,1924 年第 126 期

138.《十日谭》,六逸,1924 年第 137 期

139.《不响的笛子》,[日]水谷胜作、逸译,1924 年第 147 期

140.《童心》,谢六逸,1924 年第 147 期(后收入《水沫集》)

141.《杂谭：诗与散文的区别》，六逸，1925年第157期

142.《加尔曼的爱》（未完），谢六逸，1925年第157期（后收入《水沫集》）

143.《加尔曼的爱（中）》（续一），谢六逸，1925年第158期（后收入《水沫集》）

144.《加尔曼的爱（下）》（续完），谢六逸，1925年第159期（后收入《水沫集》）

145.《结婚之夜》，[葡]谭达斯原著、路易重译，《文学周报》（原《文学》，以下同），1925年第171期

146.《万叶集》，谢六逸，1925年第176期

147.《〈万叶集〉选译：柿本人麻吕妻死后作歌》，谢六逸，1925年第182期（在《日本文学》《日本文学史》《日本之文学》中均收入）

148.《盛夏漫笔》，谢六逸，1925年第187期

149.《〈万叶集〉选译：柿本人麻吕别妻时作歌（附反歌）》，谢六逸译，1925年第190期（在《日本文学》《日本文学史》《日本之文学》中均收入）

150.《猥谈》，谢六逸，1926年第224期

151.《杂感：小计划》，宏徒、东柳，1928年第251—275期

152.《关于文学大纲》，谢六逸，1928年第276—300期

153.《一九二八的日本文学界》，谢六逸，1929年第8卷第1—14期

154.《某殖民地某日发生的事变》，[日]麻生久著、谢六逸译，1928年第342期（后收入《近代日本小品文选》）

155.《东邻消息》,宏徒,1929年第8卷第1—4期

156.《日本文艺家协会对于各杂志社提出最低稿费的要求》,宏徒,1929年第8卷第1—4期

157.《朝诣》,[日]葛西善藏作、谢六逸译,1929年第8卷第5—9期(后收入《范某的犯罪》)

158.《一篇稿子》,[日]加藤武雄作、宏徒译,1929年第8卷第9—13期(后收入《范某的犯罪》)

159.《断片:著作界的吸血鬼》,毅纯,1929年第8卷第9—13期

160.《苏俄的教育人民委员长阿拉德里·鲁纳却尔斯基》,谢六逸,1929年第8卷第14—18期

161.《断片:陈恭禄君的〈日本全史〉》,毅纯,1929年第8卷第351—375期

162.《上海各报社会栏记者养成所学则》,宏徒,1929年第8卷第(后收入《茶话集》)

163.《〈游仙窟〉解题》,[日]山田孝雄作、谢六逸译,《文学周报》(原《文学》),1929年第8卷第1—4期

164.《两种国文教科书》,谢六逸,《文学旬刊》(以下同),1933年第1期

165.《两种国文教科书(续)》(完),谢六逸,1933年第2—3期

八、《学生》

166.《泰西轶闻:亚洛温克里》,贵阳省立模范中学校学生谢光

燊,1917 年第 4 卷第 5 期

167.《诗与韵律》,六逸,1922 年第 9 卷第 9 号

九、《学艺》

168.《人生与文学》,谢六逸,1922 年第 4 卷第 3 期

十、《学林》

169.《西洋文艺思潮之变迁》(下期完结),谢六逸译述,1922 年 3 月第 1 卷第 6 期

十一、《儿童世界》

170.《一棵柿树》,谢六逸,1922 年 10 月第 4 卷第 1 期

171.《弟弟救瓦雀》,谢六逸,1923 年 1 月第 5 卷第 2 期

172.《性缓的人》,谢六逸,1922 年第 4 卷第 8 期

173.《性急的人》,谢六逸,1922 年第 4 卷第 9 期

十二、《民铎》

174.《俄国文学之先驱》,[俄]P.Kropotkin 原著、毅纯译述,1923 年第 4 卷第 2 号

十三、《儿童文学》

175.《梅利的小羊》,逸,1924 年 4 月创刊号

176.《春》,逸,1924年4月创刊号

177.《童话》,易,1924年4月创刊号(后收入《彗星》)

178.《割麦》,易,1924年4月创刊号(后收入《鹦鹉》)

179.《英国民谣》,逸,1924年4月创刊号

180.《唱歌的人》,逸,1924年4月创刊号(后收入《鹦鹉》)

181.《树叶》,S,1924年4月创刊号(后收入《彗星》)

182.《热汤和黄雀》,易,1924年第1卷第1期(后收入《彗星》)

183.《两个表》,LY,1924年5月第1卷第2期(后收入《彗星》)

184.《婴孩》,逸,1924年5月第1卷第2期

185.《好孩子》,逸,1924年5月第1卷第2期

186.《清明节》,逸,1924年5月第1卷第2期〔后收入《小朋友文艺》(下)〕

187.《夏茂冬枯》,六逸,1924年5月第1卷第2期(后收入《水沫集》)

188.《小松树》,易,1924年5月第1卷第2期〔后收入《小朋友文艺》(下)〕

189.《进行曲》,〔法〕Bizet原曲、谢六逸作歌,1924年6月第1卷第3期

190.《故乡之歌》,易译,1924年6月第1卷第3期〔后改名《故乡》,收入《小朋友文艺》(下)〕

191.《火蝶螺》,逸,1924年6月第1卷第3期

192.《小河》,六逸,1924年6月第1卷第3期

193.《鱼与鹅》,路,1924年6月第1卷第3期〔后收入《小朋友文艺》(下)〕

194.《会跳瀑布的鲑鱼》,逸,1924年6月第1卷第3期

195.《诗人拜伦》(未完),六逸,1924年6月第1卷第3期

196.《诗人拜伦(续)》(完),六逸,1924年7月第1卷第4期

197.《儿童剧如何表演?》,六逸,1924年8月第1卷第5期〔后收入《小朋友文艺》(下)〕

198.《小雀的命运》,易,1924年9月15日第1卷第6期

199.《彗星》,逸,1924年10月第1卷第7期(后收入《彗星》)

200.《回声》,縠纯,1924年第1卷第7期(后收入《彗星》)

十四、《国民新报副刊》

201.《无产阶级革命与民族解放运动》,縠纯,1929年第8卷第9—13期

十五、《黎明》

202.《日本文法辑要:〈狂吠斋随笔〉之一》,路易,1926年第2卷第26期

203.《三味线:日本趣味之一》,谢六逸,1927年第2卷第5期(后收入《水沫集》)

204.《八千矛神的恋歌:日本趣味之二》,谢六逸,1927年第2卷第6期

十六、《趣味》

205.《病,死,葬》,1926年9月创刊号(后收入《水沫集》)

206.《郊外住宅》,谢六逸,1926年9月创刊号(存目无文)

207.《世态素描》,宏图,1926年9月创刊号(存目无文)

208.《源氏物语》,谢六逸,1926年10月第2期(后收入《水沫集》)

209.《论亲日派》,谢六逸,1926年10月第2期(存目无文)

210.《世态素描》,何宏图,1926年10月第2期(存目无文)

211.《鸭绿江节》,谢六逸,1926年11月第3期(后收入《水沫集》)

212.《关于文学史的方法》,谢六逸,1926年11月第3期(存目无文)

213.《愤慨》,路益,1926年11月第3期(存目无文)

214.《桐壶》,谢六逸,1926年12月第4期(存目无文)

215. Gossip,路益,1926年12月第4期(存目无文)

十六、《复旦旬刊》

216.《读书随笔:英雄崇拜论》(未完),[英]Thomas Carlyle著、六逸,1927年11月创刊号

217.《读书随笔》(续第一期),[英]Thomas Carlyle著、六逸,1927年第5—6期

218.《余兴:教职员谜》,谢六逸,1928年第2卷第6期

十七、《复旦实中季刊》

219.《饭盒》,[日]加藤武雄作、谢六逸译,1928 年第 1 卷第 3 期

十八、《当代》

220.《观动乱的中国》,[日]鹤见祐辅著、谢宏徒译,1928 年第 1 卷第 1 期(后收入《近代日本小品文选》)

221.《逝了的哈代翁:访问的回忆》,[日]宫岛新三郎著、未署译者,1928 年第 1 卷第 2 期(后收入《近代日本小品文选》)

十九、《语丝》

222.《〈日本文学史〉序》,谢六逸,1929 年第 5 卷第 29 期(收入《日本文学史》)

二十、《青海》

223.《日本现代小品文选:一、母性》,[日]加藤武雄作、谢六逸译,1928 年第 1 卷第 1 期(后收入《近代日本小品文选》)

224.《日本现代小品文选:零星》,[日]秋子作、谢六逸译,1928 年第 1 卷第 1 期

225.《日本现代小品文选:失眠》,[日]小谷作、谢六逸译,1928 年第 1 卷第 1 期

226.《日本现代小品文选:伊豆之旅》(未完),[日]岛崎藤村作、

谢六逸译,1928年第1卷第2期

227.《巡礼者的歌》,[日]岛崎藤村著、谢六逸译,1928年第1卷第2期(后收入《近代日本小品文选》)

228.《日本现代小品文选:伊豆之旅》(续完),[日]岛崎藤村作、谢六逸译,1928年第1卷第4期

229.《中国的灰娘故事》,谢宏徒,1928年第1卷第5期(后收入《水沫集》)

230.《关于"游仙窟"》,谢六逸,1929年第1卷第6期(后收入《水沫集》)

231.《〈普罗列塔利亚小说的创作论〉序论》,[日]片冈铁兵著、谢宏徒译,1929年第2卷第3、4期(后改名《新兴小说的创作理论》,《现代文学》1930年第1卷2—5期刊载)

232.《梅雨》,近松秋江著、谢六逸译,1929年第1卷第7期(后收入《范某的犯罪》)

233.《素描》,毂纯,1929年第3卷第1期(后收入《茶话集》)

234.《戏曲创作论》(未完),[日]菊池宽著、谢六逸译,1929年第3卷第3期

二十一、《大江月刊》

235.《雪之日》,[日]志贺直哉著、谢六逸译,1928年10月创刊号(后收入《近代日本小品文选》)

236.《篇末》,谢宏徒,1928年10月创刊号(后改名《大小书店及

其他》,收入《茶话集》)

237.《呵呵蔷薇你病了》,[日]左藤春夫著、谢六逸译,1928 年 11 月第 2 期(后收入《近代日本小品文选》)

二十二、《幽默》

238.《新秋漫笔:专家》,谢宏徒,1929 年 9 月第 2 期
239.《文艺管见》,谢宏徒,1929 年 9 月第 1 期(后收入《茶话集》)
240.《〈草枕〉吟味》,谢宏图,1929 年 10 月第 5 期(后收入《茶话集》)
241.《童话中的聂林》,谢六逸,1929 年第 3 期(后收入《茶话集》)

二十三、《新生命》

242.《范某的犯罪》,[日]志贺直哉著、谢六逸译,1929 年第 2 卷第 4 期(后收入《范某的犯罪》)

二十四、《复旦五日刊》

243.《中国报纸若不改良,读者将有莫大危险:谢六逸主任之一席话》,1930 年第 42 期

二十五、《草野》

244.《唯物文学的二形态与其母胎》,谢宏徒,1930 年第 2 卷第 5 期(后收入《茶话集》)

二十六、《教育杂志》

245.《依利亚特的故事》(未完),谢六逸,1927年第19卷第4期(后收入《伊利亚特的故事》)

246.《依利亚特的故事(续)》(未完),谢六逸,1927年第19卷第5期(后收入《伊利亚特的故事》)

247.《伊利亚特的故事(再续)》,谢六逸,1927年第19卷第6期(后收入《伊利亚特的故事》)

248.《教育文艺:乌鸦》,谢六逸,1930年第22卷第8期〔后收入《小朋友文艺》(下)〕

249.《新闻教育之重要及其设施》,谢六逸,1930年第22卷第12期(《新闻世界》首发该文,1930.10.15,后收入《茶话集》)

250.《全国专家对于读经问题的意见之谢六逸先生的意见》,谢六逸,1935年第25卷第5期

二十七、《妇女杂志》(上海)

251.《日本劳动妇女的现状》,谢宏徒,1930年第16卷第7期

252.《性爱与痛苦》(未完),谢宏徒,1930年第16卷第8期(后收入《茶话集》)

253.《性爱与痛苦》(续),谢宏徒著,1930年第16卷第9期(后收入《茶话集》)

254.《妇女记者》,谢宏徒,1931年第17卷第3期

二十八、《现代文学》

255.《新兴小说的创作理论(序论)》(未完),[日]片冈铁兵作、谢六逸译,1930年第1卷第2期

256.《新兴小说的创作理论(二):普罗小说是什么?》(未完),[日]片冈铁兵作、谢六逸译,1930年第1卷第3期

257.《新兴小说的创作理论(三):无政府主义的文艺存在吗?》(下期续完),[日]片冈铁兵作、谢六逸译,1930第1卷第4期

258.《新兴小说的创作理论(续完四):农民的真正小说是什么?》(完),[日]片冈铁兵著、谢六逸译,1930年第1卷第5期

二十九、《文学杂志》

259.《古代希腊文学概观》,谢六逸,1931年第1卷第1期

三十、《小学生》(上海1931)

260.《宝宝的歌》,谢六逸,1931年第5期

三十一、《摇篮》

261.《欧洲中古文学之一瞥》,谢六逸,1931年第1卷第1期

三十二、《文艺新闻》

262.《最近的感想》,谢宏徒,1931年6月第12号

263.《谢六逸声明》,谢六逸,1932 年 2 月第 47 号

三十三、《读书杂志》

264.《谢六逸自传(1898—)》,谢六逸,1933 年第 3 卷第 1 期

三十四、《食品界》

265.《胡瓜与茄子》,谢六逸,1933 年第 2 期

三十五、《微音》

266.《但丁的〈神曲〉》,谢六逸,1931 年第 1 卷第 3 期

267.《世界大战和妇女劳动》,[俄]A.柯伦泰作,谢六逸、董每戡译,1933 年第 2 卷第 9 期

三十六、《现代文学评论》

268.《新感觉派:在复旦大学讲演》,谢六逸,1931 年第 1 卷第 1 期

269.《日本文学之特质》,[日]高须芳次郎著、谢六逸译,1931 第 1 卷第 2 期(后收入《茶话集》)

三十七、《当代文艺》

270.《蚕》,[日]成原六郎著、谢宏徒译,1931 年 3 月第 1 卷第 3 期

271.《罗马文学的发生》,谢宏徒,1931 年第 1 卷第 1 期

三十八、《读书月刊》

272.《读书的经验》,谢六逸,1931 年第 2 卷第 1 期(后收入《茶话集》)

三十九、《明日的新闻》

273.《抗日声中新闻界应有的觉悟》,谢六逸,1931 年 10 月 15 日创刊号

四十、《学艺》

274.《文化人类学导言》,[日]西村真次著、谢宏徒译,1931 年 11 月第 11 卷第 7 期

四十一、《青年界》

275.《加藤武雄小品:离别》,谢六逸译,1931 年第 1 卷第 1 期

276.《日本的学生新闻》,谢六逸,1931 年第 1 卷第 2 期(后收入《茶话集》)

277.《美国新闻大王哈斯脱》,谢六逸,1931 年第 1 卷第 3 期(后收入《茶话集》)

278.《萤》,[日]横山桐郎著、谢宏徒译,1933 年 6 月第 3 卷第 4 期

279.《青年与新闻》,谢六逸,1934 年 9 月第 6 卷第 2 期

280.《背字典》,谢六逸,1935 年第 7 卷第 1 期

281.《我在青年时代所爱读的书:〈饮冰室全集〉》,谢六逸,1935年第8卷第1期

282.《我们对于文化运动的意见》,谢六逸等,1935年第8卷第2期

四十二、《创化》

283.《论歌德》,[日]山岸光宣作、谢六逸译,1932年第2期

四十三、《申报·自由谈》

284.《〈模范小说选〉序》(又名《关于小说的评选》),谢六逸,1932.12.21(收入《模范小说选》)

285.《汤饼宴》,谢六逸,1933.12.1

四十四、《社会与教育》

286.《唯性史观与大学生》,谢宏徒,1931年1月第8、9期合刊(后收入《茶话集》)

287.《一个提议》,宏徒,1933年2月第5卷第12期

四十五、《良友图画杂志》

288.《中国人的"过多症"》,谢六逸,1933年第76期

四十六、《中学生》

289.《论描写》,[日]佐藤春夫著、谢六逸译,1930年第9期

290.《辛亥革命与"英雄结"》,宏徒,1933 年第 38 期

291.《从未对人说过的话:新年发笔》,宏徒,1934 年第 41 期

四十七、《华安》

292.《广东奇俗的"不落家"和"自梳头"》,逸,1933 年第 1 卷第 1 期

四十八、《读书与出版》

293.《新春读书记》,谢六逸,1933 年 3 月创刊号

294.《介绍〈中国文学史〉》,宏徒,1933 年 3 月创刊号

四十九、《文学》(上海 1933)

295.《日本人的幽默》,宏徒译,1933 年 7 月 1 日第 1 卷第 1 号

296.《坪内逍遥博士》,谢六逸,1933 年 9 月 1 日第 1 卷第 3 号

297.《日本的随笔》,[日]相马御风作、谢六逸译,1934 年第 3 卷第 3 号

298.《我的书:小说神髓》,谢六逸,1935 年第 4 卷第 5 号

五十、《读书中学》

299.《希腊悲剧的发生:摘译〈古典剧大系·希腊剧篇〉》,谢六逸、范小石译,1933 年 5 月创刊号

五十一、《文艺月刊》

300.《北欧神话研究》,谢六逸译,1933 年第 3 卷第 9 期

五十二、《民众教育季刊》

301.《"奥定"的神话》,谢六逸、范小石合译,1933 年 1 月 31 日第 3 卷第 1 号

五十三、《文学期刊》

302.《英吉利的现实主义文学》,[日]太田善男著、谢六逸译,1934 年创刊号

303.《现代德意志戏曲之倾向》,谢六逸、魏晋,1935 年第 2 期

五十四、《社会月报》

304.《大众语和报纸》,谢六逸,1934 年第 1 卷第 5 期

五十五、《太白》

305.《略谈"中间读物"》,谢六逸,1934 年 9 月创刊号

306.《推行手头字缘起》,谢六逸、巴金、朱自清等,1935 年 3 月第 1 卷第 12 号

307.《小品文之弊》,谢六逸,原载《小品文和漫画》,《太白》1935 年 3 月第 1 卷纪念特刊

五十六、《人间世》

308.《清闲》,[日]芥川龙之介作、谢六逸译,1934 年第 3 期

309.《良宽和尚》,谢六逸,1934 年第 5 期

五十七、《新人周刊》

310.《文房四宝》,谢六逸,1934 年第 1 卷第 5 期

311.《新人与新文艺》,谢六逸,1935 年第 1 卷第 16 期

五十八、《世界文学》

312.《报章文学》,谢六逸,1935 年第 1 卷第 3 期

五十九、《文章》

313.《随笔:奇闻》,[日]芥川龙之介著、谢六逸译,1935 年创刊号

六十、《新闻学期刊》

314.《复旦大学新闻学系概况》,谢六逸,1935 年第 1 期(1936 年 1 月《1930 年复旦毕业生纪念刊》亦收此文)

六十一、《现代》

315.《爆竹》,谢六逸,1935 年第 6 卷第 3 期

六十二、《宇宙风》

316.《家》,谢六逸,1935 第 2 期

317.《二十四年我的爱读书》,谢六逸,1936 年第 8 期

318.《日本的杂志》,谢六逸,1936 年第 25 期

六十三、《新小说》

319.《静夜感想》,谢六逸,1935 年第 1 卷第 2 期

六十四、《文化建设》

320.《民众之组织训练与指导》,谢六逸,1935 年 1 月第 1 卷第 4 期

321.《所谓晴耕雨读》,谢六逸,1935 年第 1 卷第 7 期

六十五、《海王》

322.《义士记》,逸,1935 年第 7 卷第 35 期

六十六、《复旦学报》

323.《日本明治维新之研究》,谢六逸,1935 年第 1 期

六十七、《立报》副刊《言林》

324.《〈立报·言林〉开场白》,谢六逸,1935.9.20,创刊号

325.《蝾螺》,宏徒,1935.9.21

326.《社中偶记(一)》,宏徒,1935.9.25

327.《社中偶记(二)》,谢六逸,1935.11.5

328.《社中偶记(三)》,六逸,1935.12.31

329.《忆戈公振氏》,六逸,1935.10.25

330.《文墨余谈:因为戈公振的逝世》,六逸,1935.10.29

331.《文墨余谈:目前坊间出版的书籍》,谢六逸,1935.10.31

332.《作家语录》,毅纯,1935.11.8

333.《托尔斯泰逝世二十五年》,六逸,1935.11.9

334.《寓言》,谢六逸,1935.11.26

335.《诗一首:一个阿斗亡蜀汉》,大牛,1935.12.2

336.《也是诗一首:和大牛》,小牛,1935.12.4

337.《诗一首:要干尽管出头干》,大牛,1935.12.6

338.《爱国无罪》,中牛,1935.12.18

339.《水龙吟》,牛,1935.12.25

340.《"请愿"归来》,牛,1935.12.30

341.《"盘肠大战"》,中牛,1936.1.7

342.《有不为斋夜谈记》,中牛,1936.1.25

343.《谈"本位文化"》,中牛,1936.1.27

344.《谈"敲锣鼓"》,中牛,1936.1.30

345.《墨晶眼镜》,中牛,1936.2.5

346.《"开学"之后》,中牛,1936.2.7

347.《"非常时"的文艺作家》,无堂,1936.2.10

348.《丙子感作》,无堂,1936.2.20

349.《忧国》,无堂,1936.2.22

350.《"存文"与"讲学"》,无堂,1936.2.25

351.《后方粮台》,中牛,1936.2.27

352.《夹板斋随笔(一):芳邻的武士》,中牛,1936.3.2

353.《夹板斋随笔(二):芳邻的浪人》,中牛,1936.3.3

354.《夹板斋随笔(三):试谈性爱》,中牛,1936.3.4

355.《夹板斋随笔(四):狗熊》,中牛,1936.3.5

356.《夹板斋随笔(五):春寒》,中牛,1936.3.7

357.《夹板斋随笔(六):间谍》,中牛,1936.3.9

358.《夹板斋随笔(七):杂志短命年》,中牛,1936.3.11

359.《夹板斋随笔(八):丑角》,中牛,1936.3.13

360.《有见闻斋笔谈》,无堂,1936.3.15

361.《夹板斋随笔(九):小型文艺》,中牛,1936.3.16

362.《夹板斋随笔(十):谈鬼》,中牛,1936.3.19

363.《释"编"》,头陀,1936.3.27

364.《夹板斋随笔(十一):赞美警察》,中牛,1936.4.3

365.《夹板斋随笔(十二):儿童节》,中牛,1936.4.4

366.《春晨》,无堂,1936.4.5

367.《夹板斋随笔(十三):医生》,中牛,1936.4.8

368.《夹板斋随笔(十四):辞典》,中牛,1936.4.21

369.《船笛》,无堂,1936.4.21

370.《追悼"五四运动"》,中牛,1936.5.4

371.《又弱一个》,大牛,1936.5.16

372.《国号》,无堂,1936.5.21

373.《外交》,大牛,1936.5.24

374.《救济大学生》,毅纯,1936.5.26

375.《书业》,中牛,1936.5.27

376.《祭》,毅纯,1936.5.28

377.《时事吟》,无堂,1936.6.13

378.《读史随笔》,中牛,1936.6.13

379.《答玉藻信》,中牛,1936.6.24

380.《黄霉时节》,毅纯,1936.6.28

381.《夏夜漫笔》,毅纯,1936.7.2

382.《夏夜漫笔(二)》,毅纯,1936.7.3

383.《夏夜漫笔(三)》,毅纯,1936.7.5

384.《夏夜漫笔(四):介绍菊池宽》,毅纯,1936.7.8

385.《夏夜漫笔(五):介绍长谷川如是闲》,毅纯,1936.7.16

386.《感时偶占》(二首),无堂,1936.7.17

387.《夏夜漫笔(六)》,毅纯,1936.7.28

388.《夏夜漫笔(七)》,毅纯,1936.8.7

389.《夏夜漫笔(八)》,毅纯,1936.8.13

390.《昆虫》,中牛,1936.8.24

391.《谈用字》,中牛,1936.8.25

392.《再谈用字(一)》,中牛,1936.8.26

393.《"薰,浸,刺,提"》,中牛,1936.8.27

394.《放鸟记》,毅纯,1936.8.29

395.《再谈用字(二)》,中牛,1936.8.30

396.《西风》,毅纯,1936.9.3

397.《"漫文"》,毅纯,1936.9.9

398.《编辑者的态度》,毅纯,1936.9.11

399.《文墨余谈:读了曹聚仁兄的"笔下留情"》,毅纯,1936.9.14

400.《〈言林〉一周年》,谢六逸,1936.9.20

401.《沪北行》,无堂,1936.10.6

402.《雾》,毅纯,1936.10.12

403.《悼鲁迅先生》,毅纯,1936.10.20

404.《鲁迅的谐谑》,宏毅,1936.10.21

405.《挽鲁迅先生》,无堂,1936.10.25

406.《反对绝食救国》,毅纯,1936.11.22

407.《新年谈文》,宏徒,1937.1.1

408.《如何消灭汉奸》,宏徒,1937.9.3

409.《编辑余墨》,谢六逸,1937.9.20

六十八、《大众生活》

410.《上海新闻记者为争取言论自由宣言》,谢六逸、顾执中、庞学棠等,1936年1月第1卷第9期

六十九、《救亡漫画》

411.《智勇双全：极好的漫画材料》,谢六逸,1937年第4期

七十、《世界报纸展览纪念刊》

412.《〈世界报纸展览纪念刊〉发刊辞》,谢六逸,1936.1

413.《日本的新闻事业》,谢六逸,1936.1(后收入《国外新闻事业》)

七十一、《时代电影(上海)》

414.《女明星登龙术》,宏徒,1937年第8期

七十二、《中华公论》

415.《救亡是唯一的大道》,谢六逸,1937年第1期创刊号

七十三、《文化战线》

416.《要需切实的工作》,谢六逸,1937年第2期

417.《出版界动员问题》,毅纯,1937年第4期

七十四、《世界知识、妇女生活、中华公论、国民周刊战时联合旬刊》

418.《时事集体讨论：我们应否对日宣战？·宣战就是最好的国际宣传》,谢六逸,1937年第4期(此文《救亡文辑》1937年第2期有刊载)

419.《救国公债》,六逸,1937 年第 2 期

420.《日本军阀的兽行》,毅纯,1937 年第 4 期

七十五、《女兵》

421.《祝"女兵"》,宏徒,1937 年创刊号

七十六、《抗战半月刊》

422.《战时的新闻记载》,谢六逸,1937 年第 5 号

423.《忆虬江码头》,谢六逸,1937 年第 3 号

七十七、《国民(上海 1937)》

424.《创刊的话》,谢六逸,1937 年 5 月 7 日创刊号

425.《今年的五一》,逸,1937 年 5 月 7 日创刊号

426.《棚户迁移》,逸,1937 年 5 月第 1 卷第 2 期

427.《读经》,宏,1937 年 5 月第 1 卷第 3 期

428.《张冠李戴》,鲁愚,1937 年 5 月第 1 卷第 3 期

429.《青年自杀》,宏,1937 年 5 月第 1 卷第 4 期

430.《东北大学学生请愿》,宏,1937 年 5 月第 1 卷第 4 期

431.《"浮尸"正名》,度,1937 年 5 月第 1 卷第 4 期

432.《同文书院学生赴内地考察》,宏,1937 年 6 月第 1 卷第 5 期

433.《美亚绸厂工人绝食》,度,1937 年 6 月第 1 卷第 5 期

434.《七君子案开审》,度,1937 年 6 月第 1 卷第 6 期

435.《赈灾游艺会被禁》,度,1937年6月第1卷第7期

436.《虬江码头开业》,宏,1937年6月第1卷第7期

437.《希特勒的尊崇》,毅,1937年6月第1卷第8期

438.《邹敏初解京》,度,1937年6月第1卷第8期

439.《日本外交官的血型》,宏,1937年7月第1卷第9期

440.《日人压迫我国留学生》,度,1937年7月第1卷第10期

441.《国立大学联合招生》,宏,1937年7月第1卷第10期

442.《撤销租界电影戏曲检查权》,度,1937年7月第1卷第11期

443.《宋哲元谢绝捐款》,徒,1937年7月第1卷第12期

444.《鲁迅纪念委员会成立》,宏,1937年7月第1卷第12期

445.《青年谈时事被捕》,宏,1937年7月第1卷第13期

446.《日军任意拘捕华人》,度,1937年7月第1卷第13期

447.《光荣的牺牲》,宏,1937年8月第1卷第14期

448.《治安维持会》,徒,1937年8月第1卷第14期

449.《恐日病》,宏,1937年8月第1卷第15期

450.《平津各大学南迁》,宏,1937年8月第1卷第15期

451.《关于保卫大上海》,谢六逸,1937年11月第1卷第17期

七十八、《新大夏》

452.《报章文学琐谈》,谢六逸,1938年第1卷第3期

453.《二十年来的中国文学》,谢六逸,1938年第1卷第3期

七十九、《中央日报·贵阳》

454.《我们要向苏联学习》,谢六逸,1938.12.21

455.《写作的根本问题》,谢六逸,1939.12.5

456.《现代通信事业之趋势》,谢六逸,1941.5.26,(《文讯》1942年1月第2卷第1期有刊载)

457.《大学国文的选材问题》,谢六逸,1941.6.27

458.《咏史》,宏徒,1942.8.18

459.《继华的性格》,谢六逸,1944.2.13

460.《垦荒(一)》,谢宏徒,1944.11.1

461.《垦荒(二)》,谢宏徒,1944.11.2

462.《垦荒(三)》,谢宏徒,1944.11.3

463.《垦荒(四)》,谢宏徒,1944.11.4

464.《垦荒(五)》,谢宏徒,1944.11.6

465.《垦荒(六)》,谢宏徒,1944.11.7

466.《美国新闻史上一段佳话:典型记者成功之经过(一)》,谢宏徒,1944.11.9

467.《美国新闻史上一段佳话:典型记者成功之经过(二)》,谢宏徒,1944.11.10

468.《美国新闻史上一段佳话:典型记者成功之经过(三)》,谢宏徒,1944.11.11

469.《对于"剪衣队"的意见》,谢六逸,1945.3.9

八十、《朔风》

470.《信仰》,谢六逸,1939 年第 3 期

471.《关于读书》,谢六逸,1939 年

八十一、《立言画刊》

472.《论王瑶卿》,路易,1940 年第 87 期

八十二、《妇女界》

473.《自作孽？牺牲？》,路易,1940 年第 8 期

八十三、《贵州日报》(原《革命日报》)

474.《〈文协〉创刊词》,1940.3.21

475.《浮动性的文学》,鲁毅,1940.4.12

476.《作家短简》,谢六逸,1941.5.5

477.《再接再厉的第五年》,逸,1941.8.4

478.《鞭子与糖元宝:讲给孩子们听的故事》,谢六逸,1941.12.24

479.《山居杂咏:闻关岛失陷感赋》,谢六逸,1942.1.15(《读书通讯》1942 年第 33 期有载)

480.《山居杂咏:出征》,谢六逸,1942.1.15

481.《山居杂咏:贵阳初雪》,谢六逸,1942.1.15

482.《论记者的职业组织》,谢六逸,1942.2.2

483.《贵阳缺少的是甚么?》,谢六逸,1942.8.29

484.《与青年谈读书问题》,谢六逸,1942.10.1

485.《认识真正的孔子》,谢六逸,1943.8.26

八十四、《新学生》

486.《欧洲文艺思潮研究的切要》,谢六逸,1942年第1期

487.《Journalism与文学》(下期续完),[日]平林初之辅著、谢六逸译,1931年第2期(后收入《茶话集》)

488.《Journalism与文学》,[日]平林初之辅著、谢六逸译,1931年第3期(后收入《茶话集》)

八十五、《尖兵》

489.《孤岛吠声:傀儡的排外言论》,路易,1940年第2卷第9期

八十六、《社会研究》

490.《社会研究部工作概况》,谢六逸、陈国钧,1941年第26期〔《革命日报》1941年5月23日、《大夏周报》1941年第17卷《社会研究》(附刊)有刊载〕

八十七、《文讯》

491.《〈文讯〉创刊辞》,谢六逸,1941.10.10

492.《新闻标题研究》,谢六逸讲演、李公杰记录,1941.10.10

493.《敌情估计》,宏徒,1941.11.10

494.《荒山随笔》,仲午,1941.11.10

495.《现代通讯事业之趋势》,谢六逸,1942.1.15(原载《中央月报·贵阳》)

496.《山居杂咏:过华家山》,谢六逸,1942.6.30

497.《山居杂咏:花果园远眺》,谢六逸,1942.7.30

498.《归乡途中感赋(外四首)》,〔外四首为《溪上观鱼》(一、二)、《咏佃农》《山城晓望》〕,谢六逸,1942.7.30

499.《风物志专号编辑后记》,谢六逸,1944.7.16

500.《战后中国文学之趋势》,谢六逸(未刊存目)

八十八、《国防周报》

501.《山居杂咏》,谢六逸,1942年第5卷第1期(原载《文讯》)

八十九、《前线日报》

502.《我军入缅作战》,谢六逸,1942年4月27日

503.《谈小品文:读〈谈天说地集〉》,谢六逸,1947年1月10日

九十、《大战画集》

504.《狩猎:"北极"的一页》,[捷]华尔兹著、宏徒译,1943年第2期

九十一、《联合画报》

505.《生活在阿拉斯加》,[捷]韦尔兹作、宏徒作,1943年第42期

506.《生活在阿拉斯加(续)》,[捷]韦尔兹作、宏徒作,1943年第43期

九十二、《青声》

507.《我们要写什么?》,路易,1944年第2期

九十三、《海晶》

508.《上海第一座公园》,六逸,1944年第31期

九十四、《文艺春秋上海(1944)》

509.《遗墨(二)》,谢六逸,1946年第2卷第2期

九十五、《民铎日报》

510.《闻涛声不寐》,谢六逸,1946.6.1

九十六、《万华镜》(日本杂志)

511.《关于中国戏剧》,谢六逸(存目无文)

九十七、《改造》(日本杂志)

512.《关于日本古典文学》,谢六逸,1926年7月号(存目无文)

九十八、《文艺创作讲座》(第一卷)(光华书局编辑部,上海:光华书局,1931)[①]

513.《小说创作论》,谢六逸

[①] 以下为著作中收录的谢六逸文章。

514.《浪漫主义作家研究》,谢六逸

九十九、《文艺创作讲座》(第三卷)(光华书局编辑部,上海:光华书局,1933)

515.《描写例类》,谢宏徒辑

一〇〇、《小品文作法》(冯三昧,上海:大江书铺,1932.11)

516.《科学家的精神》,[日]鹤见祐辅著、谢六逸译

一〇一、《文学百题》(傅东华,上海:生活书店,1935.7)

517.《什么是报章文学?》,谢六逸著

一〇二、《现代文选》(萧移山,上海:合众书店,1935.10)

518.《论新感觉》,谢六逸

一〇三、《救亡言论集》(丁石民,自印本,1938.1)

519.《文艺界的统一国防战线》,谢六逸

一〇四、序①

520. 陈穆如《小说原理》序,1930.6.15
521. 陶良鹤《最新应用新闻学》序,1930.12.15

---

① 以下为谢六逸所作的序。

522. 邹枋《三对爱人儿》序,1931.3.9

523. 郭箴一《少女之春》序,1931.3.12

524. 郭箴一《上海报纸改革论》序,1931.5.1

525. 杜邵文《新闻政策》序,1931.5.1

526. 郭步陶《编辑与评论》序,1933.3.27

527. 管照微《新闻学论集》序,1933.4.16

528. 严沅芷《现代青年成功之路》序,1935.9

529. 郭步陶《评论作法》序,1936.11.16

530. 吴秋山《茶墅小品》序,1937.4.17

531. 陈国钧《贵州苗夷歌谣》序,1942.5.4

说明

1. 该总目主要介绍谢六逸所发报刊文章。

2. 文章编排以报刊为类,不因追求严格编年,将同报刊文章分开。作者在每种报刊内所发文章以发表时间先后为序。

3. 该总目大体介绍首发文章(部分列入总目文章选择谢六逸最后手订本),转发文章一般不一一介绍;他人将谢六逸作品收入选集等,不再介绍;作者首发后再自行结集出版的作品,在目录后括号说明,不重复收录。

4. 报刊名称力求简洁,若有一刊多地出版情况,则加期刊所在地。

5.《趣味》杂志未见原刊,通过《谢六逸年谱》《谢六逸评传》《谢六逸文集》等作品确定谢六逸共在《趣味》上发表十一篇文章,其中,《病,死,葬》《源氏物语》《鸭绿江节》后收入《水沫集》,得以留存,余则未见。

6. 谢六逸作为刊物主编或编辑等,代表刊物发表的作品,视为刊物集体作品,一般不作为其个人作品收录。如"介绍几本好书"类广告文章不收,"征求稿件"类征稿文件不收,"编后记"类例行公事类文章不收,"编者按"类说明文字不收。

7. 对于在专著中已出现的作品,报刊再次引用,做存目处理,括注被引文章出处。

后　记

民国文人的个人全集的整理很困难，在于收罗不易与统稿困难。民国文人多处乱离的背景之下，个人很难把握自己的命运，其出版行为显得仓促，又因民国出版物绝版等现象频发，出版物质量也打了折扣。《谢六逸全集》的搜集整理出版是浩大的工程，特别是谢六逸先生五百余篇报刊文章从未被系统收罗、系统整理。之前虽有祝庆生、陈江、秋阳等先生的筚路蓝缕之功，但受限于种种因素，毕竟未竟全功；且前贤多在文章目录方面用功，文章内容则多有未见。

《谢六逸全集》于2018年初正式启动，前后已历5年，为项目付出辛勤劳动者可谓不计其数，在此略表谢意。

感谢国家出版基金、中共贵州省委宣传部、贵州出版集团、贵州人民出版社对项目全方位的支持。中共贵州省委宣传部领导始终关心项目进度，专门召开协调会，为项目解决实际困难。

感谢复旦大学图书馆、上海图书馆、华东师范大学图书馆、国家图书馆、北京图书馆、贵州省图书馆、贵州省博物馆、中国现代文学馆、北京鲁迅博物馆等机构,在文献提供上,嘉惠良多。现代文学馆提供的谢六逸先生手稿,尤为珍贵,为他处不可见者。

感谢闫平凡、李昇、程梦瑶、孙家愉、李旺等朋友在总目的完善和内容的找寻方面下的功夫,特别是闫平凡兄,往往小扣辄发大鸣,惠我良多;百忙之中为我提供许多线索,唯恐我不似他之尽心。

特别感谢本书责任编辑之一的葛静萍,该书目录和内容完善之后,葛静萍凭借丰富的编辑经验,为项目提供了很多帮助,解决了很多实际困难。由于之前低估了项目的编辑难度,在民国文献的格式统一方面多次站立在无法解决的边沿,直到后来不断借鉴,不断参考已有的编辑成果,终于逐渐克服困难。谢六逸先生的作品有近400万字没有录入为简体汉字,之前出版的谢先生简体作品多有相互借鉴、未核原文的问题,所以本次出版的内容,很多朋友参与了文字录入和多次对校,其中甘苦,非亲历者不能知,由于参与者众多,不能一一罗列,在此表示诚挚感谢。

感谢贵州师范大学杜安教授和他的领导。杜教授温厚周到,在项目申报、执行、出版各个环节都特别关心,给予多方支持。项目推动过程中,杜安兄多次关心进度,参与解决具体困难;项目组有不能周到之处,他总能了解项目困难,如兄长般一直原谅和支持,令人非常感动。

感谢为全书英文、日文、法文、德文、俄文等提供校对的专家,由于数量巨大,不能一一列举。杨山青先生作为英文审校,出力巨大,为保障全书的英文质量提供了坚强后盾；吴留营兄则在日文审校上费力颇多，且从不居功，令人感动。

感谢林辰先生的两位公子及谢六逸先生的后代的大力支持，特别是谢先生的孙子谢军、孙女谢民，作为家族的代言人，为我提供了很多方便，始终关心全集的出版。谢军先生为了更了解先辈的情况，虽非文史学者，也认真阅读相关出版物，力求给我更多线索。临出版时，项目组才了解到谢军先生是书法行家，便起意请他书写鲍歧女士为谢六逸先生写的挽联，谢军先生慨然答允，该联为全集增色不少。

500余万字的出版项目，无论整理或编辑都是巨大挑战，本次整理的全集也只是在谢六逸先生作品整理方面略进了一步。谢六逸的《新闻学概论》之类的存目作品，希望还能有机会找到，以竟全功。

该书的部分小文引用了未到版权期的部分作者的文章，虽然大部分作品的版权持有人已找到，且已向其支付版权费用，仍然还有几位没能找到，恳请作者或相关版权人与我社联系，以便支付稿费。

刘泽海

2022年6月28日